語り継ぐシベリア抑留

体験者から子と孫の世代へ

富田武　岩田悟　編著

EURASIA LIBRARY

ユーラシア文庫
6

目次

はじめに　8

第一部　体験者は語る　10

特措法成立後も残る課題　池田幸一
満州を引き回されチタで二年余　山内伊三男
生きて帰って思う戦争の不条理　松本茂雄
キルギス小村に収容の全員が帰国　宮野　泰
衣食住とソ連兵の思い出　佐伯剛史
スターリンの無法と日本の棄民棄兵　藤木伸三
日本兵として戦った私は台湾人　呉　正男
肉体の衰弱と老化に耐えて　岡野工治
パンのために餓鬼道に堕ちる　猪熊得郎
遺骨収集二十余年――吉川英治文化賞を受賞して　遠藤尚次

【ロシア人の回想】
人道的援助のバラード　リュドミーラ・コンドラショーワ
仕事熱心な日本人捕虜　P・V・ノマコノフ
怖かった日本人捕虜と会話して　L・I・シニヤン
【抑留の報道と伝承】
ロシアの抑留資料とマスメディアの責務　白井久也
「シベリア抑留」の取材を続けてきて　栗原俊雄
死亡者名簿に「命」を吹き込む　井手裕彦
小熊英二『生きて帰ってきた男』を読む　池田幸一
第二部　遺族・家族の想い　57
樺太から大陸に流刑、死亡した祖父　宮田典佳
戦友の手紙で知った父の抑留死　高井光子
短歌に詠み続けた戦友への思い　西岡秀子
音楽の才を収容所で生かした父　梶山達史

飢えのトラウマと手作りロシア料理　浅野真理
ノリリスクの丘に慰霊碑は佇む　渡辺祥子
母の遺言かなえ伯父の埋葬地へ　藤澤知保
タイシェットの小村に鎮魂のバリトン――古川精一氏の旅

第三部　若い世代の声　80

【学生座談会】
シベリア抑留――私たちのリアル
伊藤麻子／清水裕太／松田美紀／御木淳一郎
司会　富田武

シベリア抑留Q&A　92

語り継ぐシベリア抑留　体験者から子と孫の世代へ

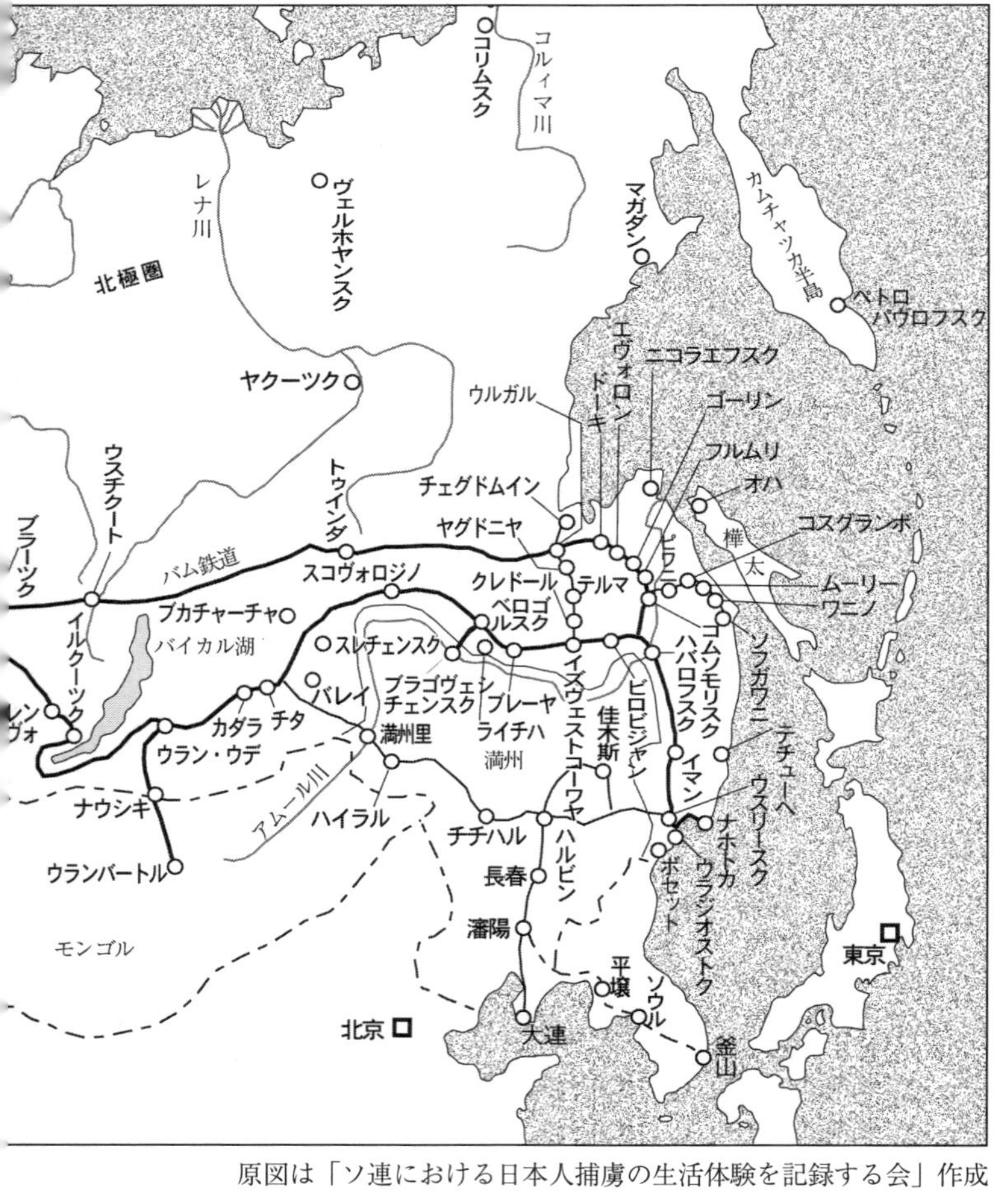

原図は「ソ連における日本人捕虜の生活体験を記録する会」作成

ソ連抑留関係略図

収容所の所在地とその周辺（太線は鉄道の幹線）

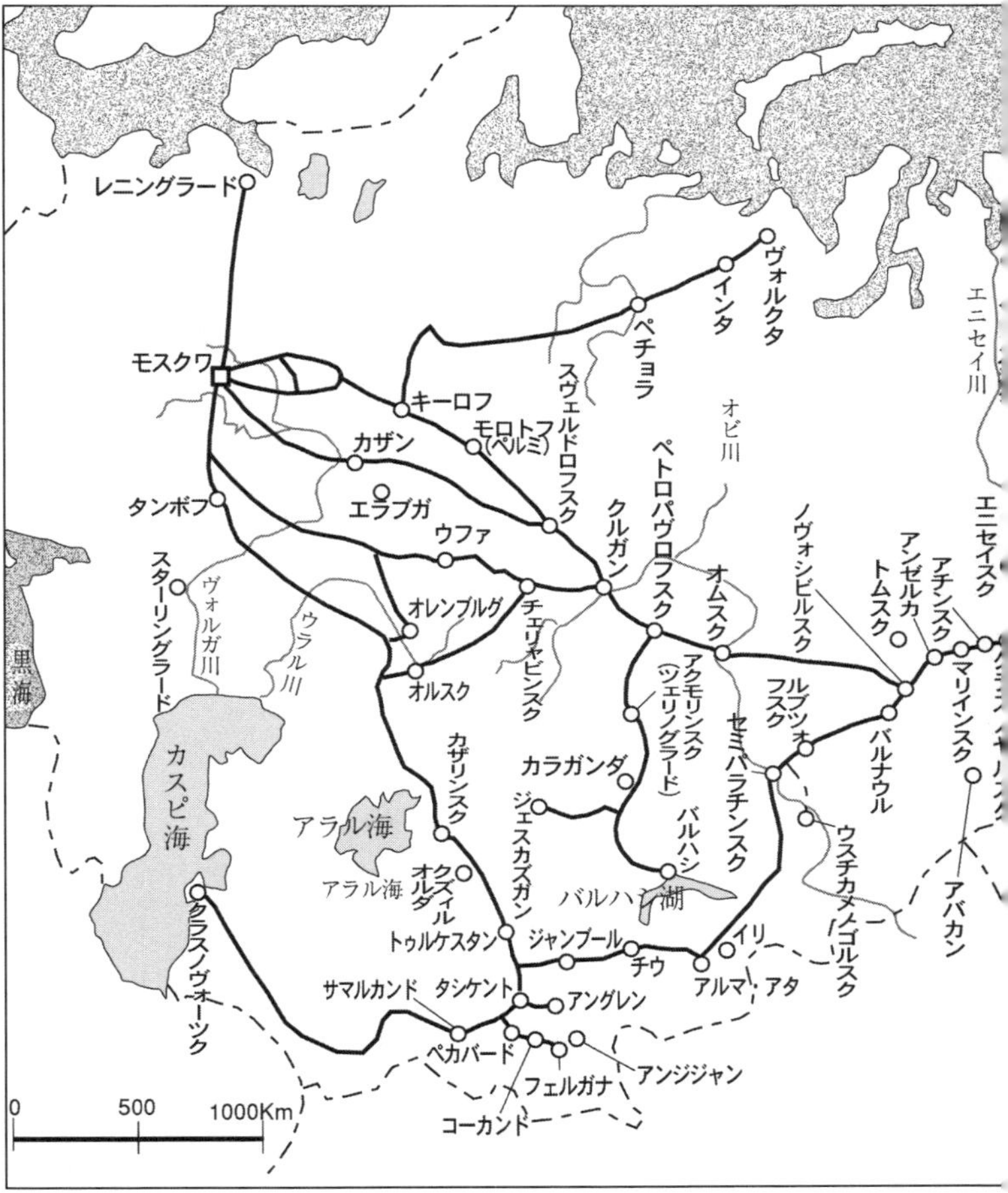

はじめに

今年の一〇月一九日、日ソ共同宣言調印六〇年を迎えます。両国間に平和条約が結ばれていないどころか、昨年はロシアが「反ファシスト戦争勝利七〇年」で中国と歩調を合わせました。舞鶴引揚記念館の所蔵品が「世界記憶遺産」に登録されるという私たちにとって喜ばしい出来事にも、ロシアからクレームがつきました。何よりもここ数年、抑留体験者の方々が次々と鬼籍に入られました。二〇一〇年六月にシベリア特措法（戦後強制抑留者に係る問題に関する特別措置法）が成立しても、この問題が終わったわけではありません。抑留の記憶と記録を後世に伝える事業が、今年の舞鶴「最終引揚」六〇周年を潮時に弱まることのないようにしたいものです。

こうした思いから、抑留問題を広く知ってもらい、とくに学校教育で聞いたこともない若い人たちに関心を持ってもらうために、本書を作成しました。構成は、第一部が体験者や報道関係者のメッセージ、第二部が遺族、家族の追体験と想い、第三部が大学生の座談会やQ&Aとなっています。詩や映画・書籍の紹介も入れて、読みやすくなるよう努めました。

なお、本書は別の出版社から昨年一〇月に刊行される予定でしたが、倒産のため群像社に引き受けていただきました。寄稿者の皆さんにご迷惑をかけたことをお詫びし、出版事情の悪い中で引き受けて下さった島田進矢社長と編集実務を継続して下さった岩田悟さんに感謝いたします。

二〇一六年八月

シベリア抑留研究会代表世話人　富田　武

2015年8月23日抑留犠牲者追悼の集い
（千鳥ヶ淵戦没者墓苑、演奏は体験者の田中猛さん）

第一部　体験者は語る

特措法成立後も残る課題

池田幸一（一九二二年生まれ、ウズベク共和国アングレン）

＊地名は抑留先

私は一九二二年生まれで当年九五歳、戦前は満州の奉天に住み、一九四五年七月に招集され新京で入隊。ウズベクのアングレンに抑留され、一九四八年九月に復員いたしました。ソ連にいたのは三年間でしたが、以後六七年を母国日本と補償問題で争い、いまだ解決を見ないのが「シベリア抑留」の実態であって、抑留中だけの問題ではないのです。

その間には苦しかったこと辛かったこと、また心の浮き立つようなうれしい思い出もありますが、そんなことよりも次代を担う方々にこれだけは申し伝えたい、語り継いでいただきたいことを次の通り述べたいと思います。

知っていただきたいことの第一は、わが国始まって以来の屈辱であるという認識です。

六〇万もの将兵が強制的に連行され、奴隷のように酷使された悲劇は開闢《かいびゃく》以来例を見ない出来事で、しかもその後始末がいかにも不十分、不条理きわまりない事件なのです。

なぜ他国のように行き届いた補償ができなかったのか、大半の責任は歴代政府の無理解にあります。「スターリンに洗脳されたアカの手先に、一銭たりともくれてやるものか」の偏見、次に抑留被害者の運動が小異にこだわって大同を忘れて分裂し、骨肉相争ってお互いの力を相殺した愚かさ、いろいろありましたが、二〇一〇年六月、念願の「シベリア特措法」が議員立法で制定されました。戦後六五年を経て初めて「シベリア抑留」の重大な人権被害を認め、国の責任で必要な措置を取ることを定めました。

「遅すぎた」の声もありましたが、生存者六万八〇〇〇人にわずかではあれ、特別給付金という名の補償金が渡されました。さらに政府は実態解明や追悼、次世代への継承事業などの責任を負ったのですが、この六年間ほとんど進んでいるようには見えません。

厚生労働省は昨年四月、戦後旧ソ連に抑留されて死亡した日本人約一万人分の名簿を公表したのですが、法の制定当初から指摘された三つの課題は今もそのまま残っています。

一つ目は、特措法が対象としている地理的な範囲ですが、当時の日ソの国境以北としたため、今回公表された朝鮮半島北部や旧満州などでの収容者が対象から除外されてしまいました。実態が同じであるのなら同様の措置をとるべきではないでしょうか。

二つ目は、対象者を日本人に限定し、朝鮮・台湾出身の抑留被害者を排除したままになっている問題です。同じ境遇だったのに対象から外すのはいかにも理不尽、かつての宗主国として恥ではないでしょうか。

三つ目は、給付金の対象者を特措法が施行された時点での生存者に限定してしまったことで、これ以前に亡くなった約四〇万人は何も受けとっていません。先に死んだ者は死に損ですが、まずは国のトップが率直に詫びるべきではないでしょうか。その上で特措法を改正し、対象を広げ、実態解明のための態勢強化を図るべきだと思います。

満州を引き回されてチタで二年余

山内伊三男（一九二三年生まれ、チタ）

私は一九二三年三月に旧満州の撫順《ぶじゅん》市で生まれた。満州生まれの満州育ちである。徴兵検査は「第三乙種」合格であった。

日ソ開戦時には、阿城の「関東軍砲兵下士官候補者隊」の甲種幹部候補生中隊で迫撃砲教育を受けていた。八月一四日には哈爾浜《ハルビン》防衛のため出動して、一五日に敗戦となった。

武装解除して阿城の隊に戻り、数日して玉泉のスキー場まで行軍した。九月初旬に無蓋貨車で横道河子《おうどうかし》まで輸送され、野宿した後二輪の輜重《しちょう》車を引いて、戦闘のあとも生々しい山道を行軍した。疲れ汚れた開拓団の人たちも歩いていて、その中に六、七歳くらいの女の子がいて「お母さんが途中で倒れ、五歳の弟は歩けなくなったので山の中においてきた」と涙も枯れはてて、ぽつりぽつりと話した。その女の子は輜重車に乗せて、海林《ハイリン》の入り口にある婦女収容所まで送り届けた。

海林は広大な弾薬庫で、約五万人が収容されていた。九月中旬に身体検査があり、上半身裸で整列していると、ソ連の女性軍医が皮膚をつまんで「ケンコー」と言うので「ケンコー」と答えたら列外へ出されてしまった。一〇月初旬に牡丹江に移動したが、また検査があって、前回と同じ女性軍医に列外に出されたのだが、今度はうまく列に入ってしまった。焼けた牡丹江市街を通り駅に行くと、有蓋貨車に乗せられた。

朝になると列車は西へ走っていて、ついたのは哈爾浜の香坊駅であった。ガス会社の工人（労働者）宿舎や貨物廠の宿舎へと移り、一二月には浜江駅近くの阿片患者の収容所の焼け跡に入った。赤煉瓦二階建てと平屋の各一棟が残っていて、コンクリートの床に筵《むしろ》を敷いて、びっしりと隙間なく寝た。そのためにシラミが猛烈に増えて疥癬《かいせん》が広がった。作業は駅の標準軌と広軌の貨車の積み替えと、貨物廠、兵器廠、監獄、製粉工場などの物資の積み込み作業だった。一九四六年三月初旬に、浜江駅で有蓋貨車に乗車し、翌朝出発して北上した。警戒は厳重で、列車の前と後に機関銃を据え、わずかな停車時間に用便をしていると、空に向けてダダッと威嚇射撃をしていた。

チタ市第一チタ駅の貨物ホームに到着したのは三月一二日か一三日だと思う。第一チタの煉瓦工場の粘土採掘場で一夜を過ごして、翌日インゴダ川を渡り、第二チタの市街を過ぎ坂道を上って、町外れのノヴォブルヴァールナヤ通りの木造こけら葺き屋根の平屋の古い兵舎に入った。隣は内務省軍隊の警備する第二四収容所の第二分所であった。

私たちは武装力省（国防省）に所属する第五一九労働大隊第一中隊となった。作業は軍関係の建築作業と近くの機械工場の技能作業である。

私は一九四八年夏に肺が悪いと診断され、チタ地区労働大隊の病弱者として出発したのは一九四八年七月二五日で、大郁丸での舞鶴上陸は一九四八年八月二〇日であった。

生きて帰って思う戦争の不条理

松本茂雄（一九二五年生まれ、コムソモリスク・ナ・アムーレ）

最も印象深い思い出は、小豆山戦で敵の包囲攻撃を受け、私は「受弾戦死」したと公報され、部隊から棄兵されたことである。わが師団は一万五〇〇〇人、ソ連は一五万人で激突したが、わが師団は関東軍総司令部の訓令により玉砕した。一対一〇の戦力で凄惨な死闘を繰り広げた。敵の大型戦車に対して肉弾攻撃、自動小銃に対しては単発小銃で抵抗したのである。生き残りは一二〇〇名だった。

翌年の九月、福島県は私の「死亡告知書」を送付してきたが、三カ月後に私の書いた俘《ふ》虜《りょ》用葉書が実家に届き、「生きている」と大騒ぎになった。県が私の「戦死公報取消」を通告してきたのは、その一年後だった。

それにしても、抑留中に情報が断絶されていたことが、最も苦しいことだった。シベリアではダモイ（帰国）の情報は全く無かった。いつ帰国できるのか誰も知らない。ソ連側は「ヤー・ニズナーユ（知らない）」と答えるだけだった。あと五年なのか、一〇年なのか、それ以上なのか。帰れないという絶望を誰に訴えればよいのか。

その苦しみをどうにか乗り切れたのは、私にいくつかの支えがあったからだが、最も強い支えとなったのは上の姉との「約束」だった。

私が入隊する朝、福島駅は積雪三一・五センチあり、列車もスリップして発車できなくなった。その時、家族と見送りに来ていた上の姉が手を伸ばして、

「きっと、帰って来るのよ。いいわね、約束よ」

と叫んだ。窓から身を乗り出して握った姉の手は氷のように冷たかった。

満州の戦闘中も、シベリアの抑留中も、姉との約束は何度も夢に現れ、語りかけ慰め励ましてくれた。「きっと帰って来る」との約束が私を支え続けたのである。だが、その姉は私が帰る二年も前に亡くなっていた。それを知ったのは帰国してからだった。

そもそも、小さな武力衝突が元で満州事変が勃発し、一五年も戦争が続いた。途中で戦争を止めたくても止めることができなかった。国民が知らぬ間に、戦争は泥沼化し、どこにも和平の仲介を取ろうとする国は無かった。

日本列島は空襲にさらされ、原爆は二発も落とされ、全国の都市はほとんど焼夷弾で焼き払われたのである。

敗戦後、国は軍人を使い捨てにし、シベリアの労賃も他国の問題とばかりに払わず、遺骨を放棄したまま半数以上が帰国できないでいる。

国のためなら正義も人権も名誉も踏みにじって良いのだろうか。どんな悲劇も我慢しろというのか。戦争のこの不条理。これがわが祖国なのかとさえ思うのである。何もかも、曖昧、中途半端である。

また、近隣諸国には恐怖と悲劇の限りを与えた。戦争は最大の悪であり、犯罪である。

キルギス小村に収容の全員が帰国

宮野泰（一九二六年生まれ、キルギス共和国タムガ村）

一九二六年（大正一五年）生まれの私たちは、戦争の中で育ち、教育を受けた世代である。一九四三年（昭和一八年）、大学の文科系学生の徴兵猶予の特典が廃止された。いわゆる学徒動員である。次いで徴兵年齢が満一九歳に引き下げとなった。満州国の首都、新京の大学で学んでいた私は現役兵として四五年五月、牡丹江省樺林《かりん》街にある部隊に入隊した。七月には寧安に新設された師団司令部直轄の挺身大隊へ転属となった。戦車攻撃だけのための部隊であった。

八月九日、ソ連軍が戦車部隊を戦闘にして満州国へ侵攻した。私たちの部隊は急遽、満州東部国境近くの鏡泊湖付近でソ連軍戦車部隊を阻止すべく出動をした。一六日に停戦命令、戦うこともなく、九月上旬には武装解除を受け、ソ連軍の捕虜となった。

有刺鉄線に囲まれた旧軍の蘭崗飛行場に集結させられて約二カ月、「ダモイトウキョウ」が始まった。健康な者から日本へ帰すというのである。簡単な身体検査があり、痩《や》せこけていた私は弱兵と認定されて本隊から離された。真新しい防寒服装を支給されて本隊の兵士たちは欣喜雀躍《きんきじゃくやく》、収容所から出て行った。

弱兵だけの集団は、牡丹江市郊外の掖河《えきが》収容所で冬を越すことになった。年が明けて間もなく、痩せ衰えた多数の兵隊が入って来た。酷寒のシベリアで飢えと重労働で栄養失調になり、満州へ送り返されたのだということであった。「ダモイトウキョウ」は実はシベリア行きであった。束の間の穏やかなこの収容所の生活はこの時から、地獄を思わせるような日々に変わった。毎日のように死者が出た。固く凍った遺体をアメリカ製の大型トラックに載せる作業の、悲しくそして辛い思い出は、忘れたいけれども今も消し去ることはできない。

ようやく春の兆しが感じられてきた四六年四月初め、ソ連軍の引揚げが始まり、「ダモイトウキョウ」と、私たちはソ連製の大型貨車に乗せられた。身体検査で病兵と認定され、残された者は中共軍の管理下になるのだと聞かされた。

輸送列車は私たちの期待を打ち砕き、一カ月の長い長い旅を続けて着いたところは、中央アジア、ウズベク共和国の首都タシケントであった。

キルギス共和国の大きな湖イシク・クルの岸辺の小さな村タムガに派遣された私たち一

二五名に課せられた仕事は病院建設であった。重い石を運び積み上げる重労働に耐えられたのは、この村がソ連軍将校のための保養所があるという気候温暖なところであったことと、胆力抜群の部下思いの人格者、隊長田村中尉を信頼して隊員が心を一つにして働いたことであった。待遇改善の交渉も実現して、それが作業に反映し、ソ連当局や村民たちの高い評価を受けることにつながった。彼らに感謝され、一名の犠牲者も出すことなく舞鶴に上陸できたのは四八年七月であった。極限状態に置かれても自分自身を失わず、自分が人間であることを自覚して行動をする。抑留体験から得た尊い教訓である。

衣食住とソ連兵の思い出

佐伯剛史（一九二六年生まれ、イルクーツク州タイシェット）

まず「衣」の話だが、軍人勅諭、戦陣訓で鍛えられ皇軍の名の衣をまとった兵隊たちが、不名誉この上ない「戦争捕虜」になり下がってしまったことだ。抑留の言葉を知ったのは、戦後何年も経って、戦友会の席だった。

夏服のままシベリアに連れて来られた。マイナス四〇度の朝、森林伐採作業に出るために収容所の門の前に並ぶ。二年目の冬は、わが関東軍の防寒衣がやっと配られたが、関東軍の想定した寒さより、シベリアのそれは段違いに厳しかった。

三年目の冬になってやっと、古着だが、シベリアに暮らしたロシア人囚人用の防寒服の上下、毛皮防寒外套、防寒手袋、防寒帽、そして大きなフェルト製防寒靴が支給された。

次に「食」は、ずっと米なしだった。朝食と夕食は雑穀（各種の麦、コーリャンなど）を粉にしたものを、羊の骨をダシにして炊いた粥状のものだから、箸はいらず、木のヘラを自作して使った。

食物はすべて炊事場で一人一人に分配され、兵舎に持って帰り寝台で食べた。

「住」は、兵舎と呼んだが、建物は昔からの丸太造り、すべて昔から囚人が使ってきた空き屋を使った。食堂、集会場、クラブ室、娯楽室、売店など全くなく、兵舎につくった二段式の高床に、毛布や外套を敷き、あるときはワラ布団を置いて、その場を各自の居場所としていた。

「帰りたいな！」が、挨拶の後の合言葉。「おれが病気になっても、病院へは送らんでくれよな……」。病院は死に場所となっていた。

二、三年経って、喧嘩や女の話は消えた。

三年目の春、やっと転属移動がダモイ（帰国）となった。

初めてソ連兵の隊列を見た時のことを覚えている。終戦になって、部隊内にある武器弾薬を、近くの競馬場に運ぶ作業をしていた。夏の陽の照りつける下で、重い物の運搬を終えて、道の端に腰を下ろして休んでいた。周囲は畑ばかりで見通しが良く、遠くに一団の人の列が見えた。われわれと同じ日本兵の移動かと思ったが、近づいてくると、ソ連軍の兵士の列だとわかったのだ。

初めて見るから、少し驚いたが、戦争は終わったし、急に興味もわいて見ていた。

二列縦隊で少人数、銃を持ち荷物を背にして彼らもどこかへ移動するのだろうと思った。列との距離は十数メートルで、そのまま過ぎて行きつつあった。もちろん、全員が銃を肩から下げていた。銃身の長いもの、短いもの、円形の弾倉を取り付けたもの、さまざまだった。服装もまた異なっていて、ジャンパー風あり、軍服あり、シャツだったりで勝手気ままに見えた。

隊列が終わるころ気がついたのだが、十人にひとりくらいの割合で、いろいろな楽器を持つ兵隊がいた。

ギター、マンドリン、アコーディオン、三角の胴のバラライカなど、それらをむき出しのまま、銃のない方の肩に掛けていた。

「日本が負けたのはこれだったのか……」。

彼らの、あまりにわれわれと異なる隊列を見て、突然のように、衝撃すら覚えながら考えていた。

去って行った姿に、ほっとするゆとり、おおらかさを見てとり、勝つ国の知らなかった底力を知ったように思った。

スターリンの無法と日本の棄民棄兵

藤木伸三（一九二六年生まれ、ハバロフスク地方フンガリ）

私は今年九〇歳、シベリア抑留経験者だが、いま、若い人に言い残しておきたいことがある。一九四三年春、私は旧満州のハルビン学院に入学、ロシア語を学ぶ。四五年五月、在学中に関東軍に入隊、八月ソ連軍の捕虜になり、四年余りのシベリア抑留後に帰国した。

捕虜になり、シベリアへ連行される途次、ソ連軍の銃弾に倒れた多くの関東軍兵士たちが広い原野に野ざらしのままに残されているのを見た。また、一〇〇万人を超す在満同胞が、関東軍に見捨てられ、苦しみながら故国をめざしたが、不運にも多くの人びとが満州の地で亡くなった。さらにソ連軍の捕虜になってシベリアに連行された日本兵のうち、五万人ほどが重労働と寒さや飢餓で亡くなった。これらの人の死は、ほとんど公式に記録もされず、遺骨の回収もなされていない。その数、合わせて二四万五〇〇〇人。今もその霊魂は大陸の空を放浪しているだろう。そうした悲劇の責任はいったい誰にあるというのか。

歴史をふりかえってみよう。日清戦争（一八九四－九五年）から日露戦争（一九〇四－〇五年）の間、日露は朝鮮半島の支配をめぐる争いに明け暮れた。そして一九一〇年、日本が「日韓併合」を強行したが、「併合」とは名ばかり、実態は日本による朝鮮半島の植民地化であった。さらに日本は一八年、革命に成功したばかりのロシアを潰《つぶ》そうとしてシベリアに出兵した。日本政府はこのとき、ウラル山脈以東のロシア領土をも手に入れようと考えていたらしい。

こんなことがあった。捕虜になった私たちが貨物列車でソ連領に入って間もなく、停車中の列車に東洋人の顔つきの少年が近づき、食べ物がないかという。聞けば、かつてシベリア出兵でロシアに侵攻、そのまま残留してロシア娘と結婚した日本兵の孫だという。

三一年八月、満州事変、翌年、日本の傀儡《かいらい》国家「満州国」が成立。これで対ソ戦略が整ったとみた日本（関東軍）は三八年夏、張鼓峰で、翌三九年五月、ノモンハンでソ連軍との軍事紛争を起こし、いずれも大敗する。それにもこりず関東軍は四一年七月、七〇万の将兵を動員して対ソ攻撃を意図した大規模な軍事演習（関東軍特種大演習）を行った。

いまも私は考える、冒頭にのべた悲劇がなぜ起きたのか。以下は私見だが、第一には日ソ中立条約を無視して満州に侵攻、日本兵を抑留してシベリアへ送ったスターリンの無法である。これは明らかに、戦時捕虜は速やかに彼らの故国へ送り返すとしたジュネーヴ条約に違反したものである。第二に、労働力として日本人兵士をソ連に提供することに同意した日本政府と関東軍の無責任である。

以上は、本書のテーマ「シベリア抑留」からいささか外れているが、「いま、若い人にこれだけは伝えておきたい」との思いでまとめたものである。

日本兵として戦った私は台湾人

呉正男（一九二七年生まれ、カザフ共和国クズィル・オルダ）

終戦は北朝鮮の日本海に面した宣徳飛行場で迎えた。大型グライダーを曳航《えいこう》する九七式重爆撃機の通信士として、沖縄への出撃を予測して訓練を重ねていたところであった。この一九四五年八月は、私がちょうど満一八歳となった月である。台湾の斗六市に生まれ、東京中野の中学に留学したのが一九四一年、陸軍特別幹部候補生に志願し、水戸航空通信学校に入隊したのが一九四四年四月のことだった。

八月末には、敗戦の不穏を逃れ民間人に変装して南朝鮮への脱出を図ったが、三八度線近くの新幕駅でソ連軍の捕虜となった。そこから元山まで歩き、そこから汽車で興南港、さらに船でウラジオストク南のポセットに連れて行かれた。行き先は告げられず、ここに至っても、内地へ向かう船に乗るのだと希望を持っていた。

ウラジオストクからは貨車に乗せられ、西へ向かうこと二三日間、行き先はカザフスタンのクズィル・オルダ収容所であった。広大なカザフスタンの西部、アラル海の南に我々の収容所はあった。周りは小さな草木が生えるだけの半砂漠で、ラクダを見た。

収容所での労働は、捕虜の体の状態によって、軽い作業、中位の作業、通常の作業の三つのランクに分けられていた。カザフスタンに向かう貨車の中でマラリアを発症し痩せていた私は中位の作業をすることが多かった。健康状態の判断は、ふんどし一丁の裸になり、ソ連軍の女医と日本人の軍医に爪を見せ、三日月があるかないかでなされた。

収容所にはおよそ一六〇〇人の捕虜がおり、一二〇〇人収容する宿舎が左右に四棟並び、真ん中に食堂、トイレが配置されていた。

この収容所をあとにしたのは一九四七年六月であるが、その間それほど多くの死者はでなかった。しかし重労働、空腹、私の場合はマラリアと、その悪夢は思い出したくもない。空腹をしのぐために半砂漠に生える草も口にした。牛馬が食べているのだから毒はないだろうと芽を摘んでポケットに入れ後で食べた。草はロバが排尿をするようなじめじめしたところに生える。それを食べるせいで随分回虫がわいた。

カザフスタンの収容所では、冬は零下二五度を下回ると労働に出なくてよいという規定があった。労働に出るために門のところに並んでいると、零下二五度を下回ったかどうかで収容所の責任者と外で働かせる兵隊とが言い争うこともあった。ソ連兵はかけ算ができず、点呼は五列に並ばせ五、一〇、一五人と数えていったが、間違いが多く、寒いなか待たされて左足の小指が凍傷になった。切らずにはすんだが。

およそ二年の抑留の後、舞鶴に帰国したのは一九四七年七月一三日のことである。その時の私の体重は四一キロほど。体力の限界だった。

抑留体験者に対して日本政府は、一九八八年には慰労金一〇万円を支払い、二〇一〇年のいわゆる「シベリア特措法」で最高一五〇万円までの給付金の支払いを定めたが、日本国籍を有する者という条件をつけた。復員の際、外国人登録をして日本に住むことができるようになった台湾人の私は、その対象にならない。同じ元日本兵士に対する扱いとして残念なことである。

肉体の衰弱と老化に耐えて

岡野工治（一九二七年生まれ、ハバロフスク地方テルマ）

私は昭和二年（一九二七年）新潟県に生まれた。満州にて第四二航空教育隊の整備士として終戦を迎え、ソ連の捕虜となった。帰国したのは一九四八年六月のことで、その間ハバロフスクを経て、テルマの第二〇五収容所で抑留された。

テルマというところには五、六の収容所があり、私のいた第二〇五収容所は三八〇人くらいが収容されていた。テルマには四五年の一一月頃に送られたが、その最初の冬の労働は伐採であった。その自ら切り倒した木で、自分たちが住む建物を建てたのである。

そのほか主に従事させられたのは、引き込み線（シベリア鉄道の支線）づくりや駅づくり、また道路づくりである。そんな中、私の同郷の人が鉄橋から転落して川に流され亡くなるということがあった。四五年の終わり頃のことで、川には氷が張っていた。佐渡の生まれだったので、彼の体が日本海へ出て故郷に流れ着いてくれればいいと思った。

この収容所での労働は、四七年の終わりに病院勤めに変わるまで続いた。

収容所では食料不足は常のことで、腹を満たすために自分たちでも工夫した。ネズミを焼いて食う者もいたし、キノコを食って毒にあたって死んだ者もいた。一度川の増水で食料が届かず、三日間絶食ということがあった。家族との離別は無論のこと辛く、寝て忘れるか、日本の食べ物の話をして紛らわせた。民謡など歌を歌うことも、気を晴らす助けにはなった。

幸いにも、私のいた収容所で伝染病の発生はなかったが、厳しい労働と環境は、特に年長者の体を蝕《むしば》んだ。肉体的なダメージは年代が上がるほど顕著で、三〇代の者を「ソーロク」（ロシア語で四〇）と呼ぶ習わしが生まれたりした。年齢に比して衰えが激しかったからである。

四七年の終わり頃、幸運なことがあった。虫歯で病院にかかったところ、そこの女医が私に同情をし、病院勤めに配置換えをしてくれたのである。女医は、こんな子どもに厳しい労働をさせるなど、ひどいことだ、と言ったということであったが、私の小柄な体格がそう思わせたのであろう。

この病院には帰国まで勤めることになった。内科が五〇床に満たないくらい、外科が六〇床くらいで、私の仕事はリネン、包帯などの煮沸消毒だった。ロシア人の看護婦に混じって、日本人の捕虜（みな男性であった）が四、五人働いていた。病院勤めに移ったことで、収容所の仲間とは没交渉となってしまったが、時折病院に運ばれてくる仲間がおり、収容所の様子を知ることができた。病院には働いている私たちを監視する者はいず、自由な空気を吸うことができたのもうれしかった。

私のいた収容所では、監視兵に暴力を振るわれることもなく、むしろ彼らの人間の良さが印象に残っている。女医の好意を受けたという経験もあり、私自身の抑留体験について、ロシア人を恨むような気持ちはもっていない。ただ戦争が間違っていたのだと思う。これからの若い方たちが戦争をしたり、手伝ったりすることはしてほしくないと願っている。

パンのために餓鬼道に堕ちる

猪熊得郎（一九二八年生まれ、アムール州シワキ）

私は一九二八年（昭和三年）九月の生まれで、陸軍第二航空軍の無線兵として満州の公主嶺《こうしゅれい》で終戦を迎えた。その後ソ連の捕虜となり、アムール河畔のブラゴヴェシチェンスクに移送されたときが、奇しくも私の一七歳の誕生日であった。ソ連領に向かうことは知らされなかったが、貨車内のハエが落ちてくるので、北へ向かっているのが分かった。ブラゴヴェシチェンスクからさらに北のシワキに送られ、一九四七年九月まで抑留された。

シワキは製材の街で、日本人捕虜は主に伐採や製材、材木の運搬に従事させられた。ほかに鉄道線路や道路の工事、農作業をすることもあった。シワキの収容所には約一〇〇〇人の捕虜がいたが、そのうち六分の一が亡くなった。飢えと寒さ、重労働、そして病気。極限の状況の中で、どのようにして自分は生き残るか、ただそれだけであった。

ソ連自体が食糧難であるなか、とくに始めの一年ほどの食料不足は甚だしく、飢えは私たちの人間性を失わせてしまった。革バンドや外套の袖など、パンに換えられるものは換えた。寝床が隣の者が下痢をすれば、もっと続けばよいと願った。彼の分の食料を自分が食べられると思うからである。病気で入院した者が危篤《きとく》と聞くと、周りの者は早々と持ち物を「形見分け」してしまった。品物はパンに換えられた。幸運にも危篤から脱した者が帰ってきても、パンに換わった持ち物はもう戻って来なかった。

こうした肉体的な苦痛、いつ帰れるともわからない精神的な苦痛のほかにも、私たちを苦しめるものがあった。収容所の管理体制は旧日本軍の指揮体系をそのまま引き継いでいた。捕虜となっても階級章は有効で、旧将校たちは収容所でも特権を享受し、食料や労働の面でも楽をしていた。このことは捕虜の間に不満と不和を生まずにはいなかった。四六年の中頃、階級章を身につけないという運動が始まった。下級兵士たちの動機は、ただ死にたくない、ということであった。秩序が乱れることを恐れたソ連側が介入し、この運動は終わったが、一度階級章という箍《たが》を外す経験をすると、旧将校と兵士の関係は、気分の点で元通りには戻らなかった。

捕虜の間の不和はその後も去らず、後のいわゆる「民主運動」の中で、私は対立の渦中に身を置くことになった。若かった私は運動側の「青年行動隊長」に担ぎ上げられ、そのためにいやがらせを受け、三度ほど死にかけるような経験をした。材木が倒れてきたり、空のトロッコが私に向かって走ってきたりした。

その後四七年の九月にシワキから日本海沿岸のクラスキノに移され、そこでもやはり道路工事や農作業などに従事させられたあと、同年一二月二日に舞鶴へ上陸、帰国することができた。私は一九歳になっていた。

私が陸軍に志願入隊したのは、今でいえば高等学校一年生の時のことである。いつの時代でも、戦争の時に一番先に鉄砲の弾になるのは若者だということを忘れないで欲しいと思う。

遺骨収集二十余年——平成二七年度 吉川英治文化賞を受賞して

遠藤尚次（一九二六年生まれ、沿海地方ダリネレチェンスク）

この度は、身に余る大賞を戴き、あつく御礼申し上げます。受賞式が終わったら、その報告を兼ねて、千鳥ヶ淵戦没者墓苑に参り、御霊《みたま》と共に祝います。

今年も七月には遺骨収集に参加したいと思って居ります。八九歳の今も元気で頑張れるのも、シベリアの同胞が待って居てくれるからと、私は思って居ります。

私達は戦後シベリアに強制抑留され、敗戦という精神的虚無のなか、酷寒のもと強制労働を強いられ、その結果、異郷の地であなた方を失いました。ダモイ（帰国）という言葉に騙《だま》され続け、帰国の夢を見ながら無念の死を遂げられたあなた方のことを思うと私達は断腸の思いであります。

戦後七十年を過ぎても、いまだに多くのご遺体が、埋葬地不明のまま、訪れる人も無いシベリア各地の山中に残されています。遠い異国の凍土に埋もれ、どれほど故国の迎えを待ちこがれて居られることでしょう。同胞としてその責務を痛感して居ります。残されたご遺体を発掘して一日も早く故国に捧持し、本当の戦後が来て、再びあの忌まわしい戦争が絶対に起こらないことを祈り、この大賞に報いたいと思います。

有難うございました。

（授賞式は二〇一五年四月）

ロシア人の回想

人道的援助のバラード

リュドミーラ・コンドラショーワ

Q　日本人との出会いについてお話ください。

A　私は一九三七年生まれ、沿海地方南部の鉄道の駅の近くに住んでいました。一九四五年から五二年まで、父がマイヘ駅の駅長でした。アルチョム市の近くです。駅の近くに第六炭鉱があり、日本人抑留者がいました。

　食糧担当の抑留者は父と仲良く仕事をしていました。父は米を積んだ貨車の調達、整備、警備をやりました。

　それで、抑留者は米袋に穴を開けて、子どもたちに与えました。貨車の掃除のときに、私たちは茶碗を一杯にしました。

　この思い出を元に一九九五年に「人道的援助」の詩を書きました。

Q　その時の子どもたちには会いますか？

A　父は一九五二年にウラジオストクに転勤しました。それで子どもたちはバラバラです。

Q　詩人になったのは？

A　私は極東工科大学の電機学部を卒業、モスクワのエネルギー大学の大学院を出て電力機器の先生になりました。今は極東総合大学の准教授です。

私はプロの詩人ではありません。ただ、詩を書くのが大好きです。

Q　抑留者との出会いがもたらしたものは？

A　アルチョム・プリモールスキー2駅（当時のマイヘ駅）を通るたびに、初めて「外国の人」に会った場所に目をこらします。当時、生活も厳しかったし、抑留者の炭鉱の労働も過酷で、多くの人が亡くなりました。バーブシュキン通りの近くの丘の斜面にある日本人墓地には白い墓標が増えていきました。

たぶん、その子どもの時から、日本はもっとも「近しい」国でした。日本について本を読み、映画を見ました。親戚にゲーナ・リシツィンがいます。彼は長く日本に住み、日本語を完全に理解し、私の日本に対する好奇心を満たしてくれました。

（聞き手　リュドミーラ・コノプリョーワ）

人道的援助のバラード

日出ずる国の子どもたち　その生活はすばらしい
厳寒の日々、何千人という日本の抑留者は
極東での労働に耐えた
カーキ色の軍服姿　肩を落とし
上がり目に映る夕闇と悲しみ
祖先の故郷の島への
帰国への希望が彼らを温めるだろうか
第六炭鉱のマイへ駅で
それは戦後の荒廃の時期だった
抑留者に米が支給される日
子どもらは前もって知っていた
朝　貨車が引き込み線に入った

日本人は急いで荷を降ろし
ちょっと離れたところに子どもらは群れになって
手に容器とカップを持っておずおずと立つ
埃まみれの仕事を器用に片付けると
日本人のリーダーがロシア語で叫んだ　来い
ぼやぼやするな　猿のようにすばしこくやれ
隅の場所を取れ！
扉は閉まった　五分間だけ
監視兵は貨車の掃除を許可した
しーんとした暗がりに金属の擦《こす》る音がする
不思議と　互いがぶつかることはなかった
ママは夕食にお粥を煮てくれた
子どもはでかした収穫を褒められた
我らの頭脳は理解できなかった

苦難の時代の苦い情熱を
小さい島国から来た人たちが
飢えという万力に縛り付けられた人たちが
前もって用意したナイフで
こっそりと大切な袋の底に穴を開けた
その時から半世紀も経った
平和な空　お祝いの鐘
子どもに恥の気持ちは無意味だった
鉄条網のこちら側が援助を求めた
ポテトチップ　オブラートに包んだお洒落なお菓子
魔法のようなおもちゃの自動車
それを美味しかったお粥に比べることはできない
抑留者が我らに与えたお粥に

（訳　梶山達史）

『日本とユーラシア』第一四五二号（二〇一五年一月一五日）より

仕事熱心な日本人捕虜

P・V・ノマコノフ
（コムソモリスク・ナ・アムーレ市「アムールスターリ」製鋼所もと労働者）

一九四五年から四六年にかけて、私は機械職場の交代制の職長として働いていた。われわれの職場に日本人捕虜五〇人がやってきた。私は自分が職長だと紹介した。私は一人ひとりに専門技能について質問し、作業班を編成し、旋盤工、平削り工、組立工、金属熱処理工、橋型クレーン操縦手、片付け作業夫を配置した。こうして金属加工部署では三交替の一組は日本人だけで占められた。

捕虜である兵卒と下士官は、仕事に非常に熱心に取り組んだ。とくに目立ったのが、最も技能の高い旋盤工のヤマダ・カプトシ〔おそらくカットシの誤り〕だった。彼はいつも、一〇〇分の一―二ミリメートルの精度を求められる最も高度な仕事を自ら申し出た。どんな仕事も迅速に、非の打ち所がない出来あがりでやり遂げた。

昼休みや喫煙休みに、われわれは様々な話題で話し合った。日本人は、最短の教育でも七－八年学び、多数は一〇－一一年教育を修了していた。他方、わが国の労働者は七年制教育を受けただけで、大いに読み書きができると見なされていた。

例えば、私は「カチューシャ・マスラバ」を知っているかと訊かれたことがある。L・トルストイの小説『復活』に出てくるカチューシャ・マースロヴァのことだと分かった。私は長いこと「クレオパトラ」という言葉が分からなかった。とうとう訊いてみた。「ムカシノイチバンウツクシイオンナ」（一番の美女）がクレオパトラだという。

みんな笑い、会話に満足そうだった。

怖かった日本人捕虜と会話して

L・I・シニヤン（当時一九歳のナナイ人女性）

私の家族は、ゴーリン駅から遠くないノアンに住んでいた。私は四－五キロメートル歩いて、駅にパンや食品を買いに出かけなくてはならなかった。ゴーリンには、日本人捕虜の収容所分所があった。バラックのうち二階建ての棟が二つあり、一つは病院、もう一つは医務室だった。これらの棟は鉄道近くの低地に建てられているので、塀で囲われてはいるものの、何が行われているのかは一目瞭然だった。

ゴーリンでは日本人は、コムソモリスクに向かう線路の複線を建設していた。私が線路を横切ると、誰かが必ずパンを買いたいと言ってきた。信用していいかしら？　彼らには他の選択はなかった。日本人の労働はきつかった。空腹だった。私は気の毒に思って、パンを売るのを一度も断わらなかった。気持が揺れ動いた。彼らは私たちの敵だったから。もし彼らが勝っていたら、私たちにどう振る舞っただろうか？　私は、日本人が内戦中〔シベリア出兵〕極東でどう振る舞ったのか、祖父や伯父から聞かされた話を思い出した。

ところで、私がスイカズラを採りに入った森で、警備兵のついていない日本兵たちと出会った。彼らもイチゴや野草を採っていた。私は怖かった。私は一九歳だった。彼らのうち年配のものは軍医だった。美男の若者は三〇歳から三五歳に見えた。面長、卵形の顔で、歯には金を冠《かぶ》せていた。私は彼と、およそ一時間話した。彼はロシア語を上手に、なまりなく話した。私がナナイの女なので、信用し、率直に語ったのかもしれない。

彼ら捕虜の運命がどうなったか、私は知りたい。ゴーリンに医者はそう多くはなかったはずだ。

M・クズミナ『捕虜（ハバロフスク地方における日本人捕虜）』、コムソモリスク・ナ・アムーレ市、一九九六年より。

抑留の報道と伝承

ロシアの抑留資料とマスメディアの責務

白井久也（日露歴史研究センター代表）

一九七五年から七九年の「ブレジネフ時代」の末期、私は朝日新聞モスクワ支局長として、現地で特派員活動を行なった。この時期は、米ソ冷戦の最中で、膨大なソ連関係ニュースの報道・解説・評論に追われて、シベリア抑留問題の日常的な取材まで十分手を回すことができなかった。結果的に満四年間にわたる特派員活動を終えて帰国後に、このテーマの取材活動に本腰を入れて取り組むことになった。

その中で最も印象に残ったのは、元シベリア抑留者の斎藤六郎氏が会長を務める全国抑留者補償協議会（全抑協）が中心となって推進した元抑留者に対する国家補償要求運動である。戦後、ソ連によってシベリアなどに抑留され、強制労働を課された元関東軍将兵の十数万は、ソ連から強制労働の対価である労働賃金を支払われることなく、只働きをして帰国した。ところが、日本とソ連は戦後の国交回復を取り決めた「日ソ共同宣言」（一九五六年一〇月一九日）で相互に相手国の国、国民に対する請求権を放棄したため、元抑留者がソ連に未払い労働賃金を請求することができなくなってしまった。

そこで、全抑協は日本政府を相手取って、未払い労働賃金の支払いを求める訴訟を行なった。一六年間続いたこの法廷闘争は、最高裁判決が「戦争犠牲または戦争損害として、国民のひとしく受忍せねばならないものである」との「受忍論」をシベリア抑留に適用したことによって、原告側の全面敗訴が確定を見たのであった。しかし、この法廷闘争が力となって、のちに「戦後強制抑留者に係る問題に関する特別措置法」（シベリア特措法）が成立して、元抑留者たちに特別給付金が支払われる道が開けた。

日本人捕虜のシベリア抑留に関する膨大な文書や資料は、その一部が公開されて日本のマスメディアが報道したが、大部分はなおマル秘文書資料として、ロシアの関係省庁や公文書館に保管されている。シベリア抑留は日本国民にとってなお、「今日の問題」である。日本のマスメディアはロシア関係機関に積極・果敢に肉薄して、全面的な公開を実現するべく、引き続き努力をせねばならない。

「シベリア抑留」の取材を続けてきて

栗原俊雄（毎日新聞学芸部記者）

私が本格的にシベリア抑留の取材を始めたのは二〇〇七年である。当時、大阪本社にいた私は、廣瀬杲《たかし》・元大谷大学学長に会いに行った。親鸞に関する新資料発見の取材である。廣瀬さんは長時間、丁寧に解説してくれた。

話が一段落したとき、略歴に書いてあったことを思いだして、訊いた。「シベリア抑留の経験があるそうですね」。廣瀬さんの表情が急に暗くなった。長い沈黙の後「話しても、分かってもらえないと思うんです」と、つぶやくように言った。

親切で能弁なこの人を沈黙させる抑留とは何だったのか。強く関心をもった。半年後取材に応じてくれ、私は様々なことを知った。たとえば三重苦（飢え、寒さ、重労働）であり、民主運動である。

さらに、抑留経験者たちが日本政府に対して何度も補償を求めたものの国は頑としてこれに応じなかったこと、そのため経験者たちは裁判を闘ったが敗れ続けたことも知った。折も折、京都地裁ではやはり経験者が国に謝罪と補償を求める裁判が続いていた。八〇歳を過ぎた老人たちが、法廷闘争を続けたのだ。

こうした取材で、この国は抑留経験者たちに何もしなかったことを知った。我らが日本国の有り様を雄弁に物語る事実だ。シベリアで何があったかは、抑留経験者による膨大な手記が伝えている。しかし彼らが帰ってきてからどんな目に遭ってきたのかをきちんと伝える仕事は、アカデミズムにもジャーナリズムにも、まったくなかった。それが、私が抑留の取材を続けてきた理由である。

二〇〇九年、東京に戻った私は抑留経験者の取材を続けた。翌年いわゆる「シベリア特措法」が成立し、国が拒んできた事実上の補償金を支払う、画期的な内容だった。しかし日本国籍の生存者に限られるなど同法には課題も多い。さらには遺骨収容、抑留の実態解明など、積み残しは多い。問題解決につながる報道を続けなければならない。

「もう時間は、あまりありませんから」。そう言って取材に応じてくれた廣瀬さんは二〇一一年、八七歳で亡くなった。全国抑留者補償協議会の会長として裁判を闘った平塚光雄さん。「村山名簿」を遺した村山常雄さん。「生き残った者は加害者」と自分を責める一方、画家として抑留の史実を克明に記録し続けた佐藤清さん。取材で何度もお世話になった人たちが亡くなった。

優れた語り部は、我々聞き手がいなければ生まれない。戦争の記憶が薄れていく中、亡くなった人たちに恩返しをするためにも、この取材を続けていきたいと思う。

死亡者名簿に「命」を吹き込む

井手裕彦（読売新聞大阪本社編集委員）

二〇一五年二月、私は、まだ積雪が残る新潟県見附市に向かっていた。第二次世界大戦後、旧ソ連が朝鮮半島北部（現北朝鮮）の興南に置いた第五三送還収容所で亡くなった日本赤十字社の従軍看護婦、若杉初枝さん（当時二五歳）の名前がある死亡者名簿を、同市の遺族へ届けるためだった。

戦死者の遺書や遺品を戦友が遺族を捜して届ける場面が映画やドラマで登場する。私も同じ役割を果たすつもりで、ほぼ二か月、遺族捜しを続けてきた。

死亡者名簿は、同僚のモスクワ支局長、緒方賢一がロシア連邦国立公文書館で見つけた。同一の名簿は、厚生労働省が九年前にロシア政府から提供された。だが、入手の事実すら公表していなかった。日本政府が戦後一貫して、死亡者の特定調査や遺骨収容を進めてきたのは、旧ソ連領やモンゴルでの抑留だった。朝鮮半島北部や、満州（現中国東北部）、南樺太（現ロシア、サハリン州）といった日本施政下の地域は「死亡者の情報は親族や知人が持ち帰っている」として、置き去りにされてきた。

三〇年以上前の京都支局時代、舞鶴港での引き揚げを取材した支局のカメラマンに当時の話を聞かされたことがきっかけで、シベリア抑留の取材を始めた。でも今回、「死亡地の違いで、命の扱いに格差があっていいのか」との思いに駆られたのは、私の境遇も影響していたのかもしれない。北朝鮮・海州の府尹《ふいん》（市長に当たる）を務めていた祖父が、一九四二年一一月、急死して一家は朝鮮半島南部に移った。祖父が生きて北朝鮮で終戦を迎えていたら、祖父も父も抑留されていただろう。他人事と思えなかった。

遺族捜しは、砂漠の中で針を捜すような作業だった。生存者をたどればと考えていた軍人は糸口もつかめなかった。八六九人の名簿掲載者でただ一人、「看護婦」と書かれたロシア語読みで「ウォカスゲ・ハツエ」さんに絞る以外、道はなかった。遺族に情報を届けることを条件に、日赤で、戦地に派遣された約二万六〇〇〇人の名簿を閲覧。「若杉初枝」さんを見つけた。実家は空き家になっていたが、近所を当たり、老人ホームに入所していた八四歳の弟ら遺族にたどり着いた。

たった一行の名簿だったが、記された埋葬地の区画番号を見て、弟は「遺骨を先祖代々の墓に納めたい」と涙ぐんだ。「結核」だった初枝さんの最期も、遺族には初めての情報だった。

八六九人の氏名が並んだ新聞紙面が出ると、政府は一転、旧ソ連・モンゴル以外の地域も同等に扱うことを決定、保有する名簿すべてを公開した。ロシアには、まだまだ、機密指定されたままの抑留資料が眠っている。その壁を乗り越え、死亡者名簿に命を吹き込む。それが新聞の使命ではないか。自らに言い聞かせている。

小熊英二『生きて帰ってきた男』を読む

池田幸一

「身近なものでも世界は不思議と発見に満ちている」は、この著者の言葉ですが、一読、私も同じ思いに引き入れられてしまいました。「生きて帰ってきた男」があまりにも自分に似ている、私の分身のように思えてならないのです。或る時にはぐっと近づき、また離

＊小熊英二『生きて帰ってきた男』抑留体験者である著者の父の生い立ちから現在までを描く。本人への聞き取りをもとに、当時の社会情勢への解説を加え、「生きられた二〇世紀の歴史」として記述される。全九章のうち、入隊から抑留、帰国までが三章を占める。帰国後も、元抑留者であることが人生を強く規定していく様が描かれる。（岩波新書、二〇一五年）

れ、その繰り返しはとても他人のようには思えない、私は二人の年譜を作って比較してみました。

一九二五年一〇月三〇日、小熊英二氏の父、謙二氏が北海道でこの世に生を受けた時に私はすでに五歳、丹後舞鶴の魚屋の長男として元気に遊んでおりました。彼が一年生の時には私は五年生、新聞配達をしながら家計を助けておりました。二人が最初に急接近するのは一九四四年の秋のことで、それは私が住んでいた満州国でのことでした。

共に関東軍の兵士として銃を担い、やがてソ連のブラゴベシチェンスクで重いコーリャンの袋を担がされるとも知らず、同じアムール河の河原で野営し、二人は冴《さ》えかえるこの日の満月を見ていた筈です。謙二氏の収容所はチタですが、私ははるか南のパミール山麓のアングレンでした。

主人公は弱兵のために本隊から捨てられ、それがため命拾いをされたそうですが、病気上がりの私が辛うじて生き延びられたのは、シベリアでなくて中央アジアであったから、謙二氏が言うとおり、運命の分かれ道はいつも微妙です。

早稲田実業の学生であった洋画好きの謙二氏が、最後に見られた敵性映画は「スミス都へ行く」だったそうです。私は当時二〇歳、大阪のノート屋の丁稚《でっち》でしたが、場末の二流館で同じものを見ています。私はジーン・アーサーのファンでした。

「帰って来た男」のダモイは一九四八年八月の大郁丸で、同じような体験をした私は少し遅れて九月の明優丸でした。それからが大変で、謙二氏は土建屋見習いを手始めに、各地で株屋、博労、餅菓子屋などを転々とし、とうとう肺結核のために隔離されてしまいました。

その頃の私は、生まれ故郷で職が無く、ニコヨン〔日給二四〇円〕と言われた日雇い労働者、野菜の買い出しや闇屋などのどん底生活、運よく元の会社に拾われて大阪へ、引き揚げ寮に身を寄せたのが一九五〇年。ここでもうだつが上がらず、中古の自転車一台で行商を始めたのが一九五二年の春、三一歳の時でした。

小熊一族の疫病神は結核で、闘病生活の五年間は自らが告白されているとおり「下の下」でした。その間には可愛がられた岡山のお爺さんも亡くなられて相変わらずの根なし草。「希望だ、これさえあれば、人間は生きて行ける」とはいうものの、お先真っ暗の日々を、この人はどのようにして乗り越えたのか。高度成長のラストチャンスを辛うじて摑《つか》み、

「中」の暮らしを与えてくれたのはスポーツ用品商でした。

私が独立して細々とやりだした商売は、駅前の繊維問屋街へ包装材料や文具を売り込む行商でした。幸い右肩上がりの成長期に恵まれ、小さいながらも店舗を持ち、そのうえ家まで建てて母や家族を呼び寄せたのは一九五四年の三三歳、翌年には結婚し、漸く一人前に所帯を持つことができました。

謙二氏を成功させたのも、私と同じようにお客を待つよりもこちらから注文を取りに行く外商タイプで、それも文具を基礎に置くスポーツ用品であったことです。順調に波に乗り、寛子夫人と結婚されたのは一九六一年一一月、そのとき私はすでに三児の父でした。ちなみにうちの女房も同じヒロ子です。

共に晩婚ですが、やっと高度成長のおこぼれを受けたことは同慶の至りです。その結果、私が豊中へ、小熊家は南陽台へと、ともに終《つい》の棲家《すみか》に落付いたのは、奇《く》しくも同じ一九八七年でした。

それから先の余生を、近隣社会や公共のことに時間と力を注いだこともよく似ています。私も自然教室を立ち上げて、若者とともに子供たちを野や山に連れ出したり、高速道路反対の旗振りをして建設大臣と渡り合い、とうとうストップさせたり、いろいろと働きましたが、同じ目的で政府相手の裁判沙汰、ここまで似るとは思いもかけないことでした。

私たち五人の同志が斎藤六郎の衣鉢《いはつ》を継ぐ形で「カマキリ訴訟」を始めたのは、一九九九年の四月ですが、その時に先行する「呉・小熊裁判」を知ったのです。一九九六年九月、世にも珍しい形で始まった裁判での謙二氏の振る舞いは、今どき珍しい義人の、まさに義挙であります。不幸にして二〇〇二年、最高裁は訴えを棄却したのですが、謙二氏が法廷で読み上げられた「意見陳述書」は、今にして光を失いません。

呉雄根夫妻が再び日本へ来たのは二〇〇五年のことで、私は一緒に外務省を訪ね、町村外務大臣に寺内良雄全国抑留者補償協議会会長、李炳柱《リ・ビョンジュ》韓国シベリア朔風会会長らとともに面談しました。彼は納得がいくまでは決してうんとは云わない剛直の人で、付き合いには随分苦労をなさったかも知れません。呉さんの夫人は先年亡くなりましたが、私は未だに彼との文通を絶やしません。独学で河北省保定大学の名誉教授にまで登りつめた苦学力行の人、呉雄根は私の畏友です。

この書は、ただの抑留ものの域を超え、一兵士の得難い生活史であり、優れた近代史にもなっています。しかも、その主人公が珍しく都市下層の商業者であることが特筆されます。著者の気鋭の歴史社会学者が多方面から賛辞を受けたのは当然です。

けれど、私は、或る時には離れ、或る時には近付く運命の不思議、またあまりにもよく似た軌跡に戸惑っている次第です。小熊氏からは私たちの訴訟に対しても度々カンパを頂いており、ぜひお会いしてお礼を申し上げたいと願っています。

第二部　遺族・家族の想い

樺太から大陸に流刑、死亡した祖父

宮田典佳（祖父は一八九九年生まれ）

私の祖父、宮田三郎は、明治三二年（一八九九年）一一月に京都府で生まれ、後に鉄道省に入り、昭和一九年一二月に樺太鉄道局長に任ぜられて一家で樺太に移りました。終戦後も樺太で鉄道業務に携わり、その後ソビエト官憲に拘束され、反ソ行為の名目で一〇年の刑を受け、豊原の監獄から昭和二二年八月に大泊を出航、ウラジオストク、イルクーツク、カンスク、タイシェット、その他収容所を転々としました。その後、昭和二七年一月にタイシェット地区第一七号ラーゲリで病死したと、翌年帰還した方から家族が報告を受けました。栄養失調、劣悪な環境での労働、五四歳という年齢には過酷です。脳溢血のようでした。

私は祖父の顔を写真でしか知りません。すでに亡くなっていた祖父のことは、祖母や父、親類から教えられました。祖母は、祖父がシベリア抑留で強制労働をさせられ、現地で亡くなり遺骨も遺品も戻らなかったこと、必ず帰ると信じて待ち続けた家族の苦難などを私が子どもの頃からよく聞かせてくれました。子ども心にシベリア抑留とはなんと恐ろしいものか、なぜそのような目にあわなければならなかったのか、祖父はどのような気持ちで過ごしていたのかという印象や疑問を強く持ったものです。残念ながら、祖父の思い出の品々のほとんどは樺太の地で空襲によって焼かれ、失われてしまいました。

後に、祖父のことを偲び、シベリアで共に過ごした方々による現地での祖父の状況、その他思い出話をまとめた文集を、祖母と父とで作りました。私はこれまで、いたたまれない気持ちになるためその文集を読み進められませんでしたが、改めて読み返し、祖母たち家族の、樺太での別れ、一家の大黒柱を突然失った悲しみや落胆の様子、祖父の苦労が手に取るように感じられ、涙があふれました。想像を絶する過酷な生活を耐え忍び、最後まで家族のことを心配し、遠い異国で亡くなった祖父。さぞかし無念であっただろうと思うと苦しくつらいです。

正式に祖父が死亡者名簿に掲載されたのもつい最近のこと、政府の情報公開や種々の対応が遅すぎます。今では祖父を直接知る方はほぼご存命ではなく、聞きたくても生の声を聞けません。家族の運命を大きく狂わせ、また多くの犠牲者を生み出した戦争が憎いです。このような悲しいことが繰り返し起きないよう強く願うとともに、政府にはシベリア抑留の全貌解明に尽力いただき、正確な情報を後世に伝えていきたいと切に思います。

戦友の手紙で知った父の抑留死

高井光子（父は一九一〇年生まれ）

父、高井耕一は、明治四三年（一九一〇年）八月和歌山市に生まれ、慶応大学を卒業した会社員だった。趣味の写真は賞をもらうほどの凝《こ》りようで、作品が沢山残っていた。昭和一八年（一九四三年）一〇月、三三歳で召集令を受けた。母、姉（六歳）、私（三歳）、弟（一歳）は、父の故郷和歌山市の祖父母のもとで同居することになった。父には五人の姉妹がいるが、たった一人の跡取り息子なので殊《こと》のほか大事に育てられ、やさしい性格だったという。入隊前日、丸刈りの頭で兵隊服を着て、家族、親戚と一緒に撮った記念写真があるが、娘の私が言うのも変だが、なかなかの男前である。

満州へ出発する早朝、練兵場へ見送りに行き、その足で駅まで駆けつけた。大阪へ向かう列車は兵隊さんでぎゅうぎゅう詰め。その中に父の顔を見つけたことを、三歳一〇カ月だった私は幻のように覚えている。

昭和二〇年七月九日、和歌山市は無差別空襲を受けた。奇跡的に家は焼け残った。そして敗戦。外地からの引揚げが始まり、「お父さんが帰ってくる」と期待が高まった。母は引揚援護局へ情報を求めて毎日のように足を運び、大阪や名古屋までシベリアからの帰還者を訪ね、また、手紙で問い合わせていた。

昭和二三年、祖父が脳溢血で急死。昭和二四年に帰国された馬場剛氏からの手紙で、父は「二一年一一月にソ連のウラル地区オレンブルグ市のチカロフ収容所で病死した」ことが知らされた。南国育ちの父にはシベリア抑留生活は過酷だった。伯母たちは「お祖父さんが、耕一さんの死亡を知らずに亡くなったのがせめてもの救いだ」と、涙していた。

「戦争さえなければ」と言いつつも、人前では涙を見せなかった母。六六歳で亡くなるまで、「戦死の報あらば開封願いたい」という父の遺言状（昭和一八年一〇月二五日付）と、馬場剛氏が抑留生活と最期の様子など丁寧にお教え下さったお手紙を大事にしていた。そして、「お父さんのお墓参りをしたい」を口癖にしていた。

自由にロシアに行ける時代になり、勤めを終えた六六歳の私は、二〇〇六年、個人旅行として、父の最期の地オレンブルグ市を訪れた。三年後の二〇〇九年、厚労省がその地で亡くなった一四九名の方々のための「日本人死亡者慰霊碑」を建立。同年一〇月、追悼式に参列するため、公的な慰霊団員として再訪した。故国を望みながら遠い地で眠っておられる方々やご家族を思いながら、「今後、戦争という狂気に巻き込まれることがないよう守って下さい」と遺族の言葉を述べた。

なお、戸籍には、昭和二一年一月五日時刻不詳、ソ連ウラル地区オレンブルグ州オレンブルグ市チカロフ収容所で死亡と記載された。平成一一年四月五日付の厚生省社会・援護局からのお知らせによると、ソ連邦抑留中死亡者名簿では埋葬地オレンブルグ州第三五九労働大隊、死亡昭和二一年一〇月二八日となっている。

短歌に詠み続けた戦友への思い

西岡秀子（父は一九一三年生まれ）

一九四九年九月、私が三歳六カ月の時、父は四年間のシベリア抑留から帰ってきた。舞鶴でたくさんの兵隊さんを見たという記憶がある。

父は、ほとんどシベリアのことは話さなかった。戦後の暮らしは誰もが貧しかったし、誰もが悲しいことを抱えながらも、辛いことは語らず、ただひたすら頑張っていた。父は、時おり「百キロの袋をかついだ」とか「大きな木を伐った」とか、つぶやくことはあったが、子どもであった私はそれ以上聞くことはなかった。少し暮らしが落ち着いてから、父はノートに短歌を書きつけていったようだった。大人になって、その短歌帳を読む機会があった。

食わすものも飲ます薬も何もなし　ただ生きませと肩なでてやる
餓え死んだ戦友《とも》を埋めんと穴を掘る　シベリヤの土堅く凍れり
日本に迷いて行きて妻や子の　とむらい受けとただ埋めてやる

凍土に眠る戦友への忘れられない想いを短歌に詠むことで、父は自分を癒していたように思う。

大正二年（一九一三年）生まれの父は、二〇一二年の二月、九九歳の誕生日を迎える直前に旅立った。遺稿の中に、四年間の抑留生活の詳しい様子と当時の自分を見つめた記録ノートがあった。私はそのノートをもとに遺稿『シベリヤの月　わが捕虜記』を自費出版して、父の体験や想いを語り継ぐことにした。

おそろしきパーセント飯はじまりぬ　この世の地獄飯の争い
伐採はノルマきびしくパン小さく　食うかゆ薄くわれ餓鬼となる
痛みさえ覚える程に腹のすき　朝の三時にいつも目覚めぬ

「昭和二三年、私の人生で、私が一番みじめで劣悪な人間になっていた年である」と、過酷な状況で、人間らしさを失っていく日々が書かれている。

父が「ダモイ（帰国）」とだまされて、船で運ばれたのは、沿海地方のテチューへだった。そこから、イマンあたりの山中で二年間、伐採などをさせられている。三年経って再び「ダモイ」と言われてナホトカまで来るが、また一年間どこかの山中へ運ばれている。厚労省に「登録カード」を請求して、収容所名が判明したのは、亡くなって一年後のことだった。あまりにも遅すぎる。もう七〇年も経ったが、シベリア抑留の体験や全貌を、若い人たちにも伝えていきたいと願っている。

音楽の才を収容所で生かした父

梶山達史（父は一九二二年生まれ）

父、梶山三郎は一九二二年生まれ、製鉄所幹部の三男として中国東北部で生まれた。広島二中から三九年武蔵野音楽学校声楽科に入学、四一年繰り上げ卒業し四二年入隊、中国東北部に派遣される。長春で終戦、一五〇〇人ごとの大隊でアムール川を渡ってブラゴヴェシチェンスクを経由、ウズベク共和国のタシケント、さらに東に一〇〇キロの炭鉱の町アングレンに着いた。

炭鉱では三交代であらゆる重労働をやった。三カ月後、四人の芸達者と劇団を編成させられ、漫才、歌、落語、浪曲や演劇も上演した。ソ連側将校は所長、作業係、衣食住係、政治係、女性の看護係の五人だった。三郎は音楽家なので政治係や看護少尉に良くしてもらった。その後、ソツゴロ（住宅建設）に転属、楽団の練習は夕食後に行い、深夜に電気のついている食堂で作曲編曲をした。白樺で作ったバイオリン、ビオラ、ウクレレ、ベースに既製の楽器トランペット、横笛、アコーディオン、白樺の枠に天幕を張った大太鼓、小太鼓などのパートの楽譜を、タバコの包み紙に数字符で書いた。収容所の仲間で『アングレン虜囚劇団』を書いた池田幸一によると、「抑留者に派閥もあったが、三郎が指揮して歌い始めると、全員の心が一つになった」。

四八年、ダモイ（帰国）のためカザフスタンを通る列車で、ノモンハン事件の元捕虜に会った。『収容所から来た遺書』という物語に、遺書を没収されないよう、仲間が分担して暗記する話があるが、音楽家は曲を覚えているので、苦労ない。

同年舞鶴に帰国。東京都の教員になり目黒区立一〇中、新宿区立落合二中、板橋区立中台中などに勤める。赴任した学校でまずアコーディオンを買ってもらった。吹奏楽部ではハチャトリヤンの「剣の舞」を指導した。三郎は創作教育（作曲）に力を入れた。夏休みの宿題は作曲で、九月に録音機の前で発表させる。歌でも楽器でもよく、楽譜は不要。優秀な作品は楽譜にして全校で演奏した。一風変った教育活動に抑留体験が垣間見える。

家族に話したのはノモンハンの話ぐらいで、その他は手記「私のラボータ（労働）」で知った。抑留時代の歌を「アングレン歌曲集」にまとめ、ソ連における日本人捕虜の生活体験を記録する会（高橋大造ら）の『捕虜体験記』（全八巻）の付録に入れてもらった。歌曲集は楽譜だけでなく、実際に演奏で再現した録音がある。私はこの資料を抑留者と音楽について研究している人に提供している。

飢えのトラウマと手作りロシア料理

浅野真理（父は一九二六年生まれ）

父の名は山田俊郎《としお》、名古屋出身。終戦当時満州の陸軍軍官学校、同徳台七期生。一九歳でブカチャーチャの収容所に抑留される。

ブカチャーチャは、チタ州の炭鉱の村で、冬はマイナス六〇度にもなる極寒の地、凍傷で、足先や鼻が壊疽《えそ》になった人もいた。抑留者の半数が絶命したとされる最も過酷な収容所の一つであった。父は生きるために何でもしたという（人殺し以外は）。人が下痢をすれば、抑留者たちは、そこに殺到し、未消化の固形物を漁《あさ》って食べたという。空腹に耐えきれず、食糧庫を襲ったこともあった。しかし、警備の者に見つかり、銃の乱射に追いかけられ、死の恐怖を味わった。

過酷な労働に加え、軍隊の階級制度によるしごきにも悩まされた。上官に大きなシャベルで殴られ、右耳の聴力を失った。また、寒い外で木に縛られ、食事も抜かれたまま一晩置き去りにされる制裁を受け、いわゆる「暁に祈る」（モンゴルでの捕虜虐待・死亡事件）の寸前までいったこともあった。

しかし、知らねば死ぬとの思いで必死に身に着けたロシア語が功を奏した。通訳として重宝がられることになる。民主化運動にも積極的に加わった。陸軍教育により、国体護持優先、家族への愛は押し殺してきた父にとって、収容所におけるロシアの教育は衝撃的だった。親への思いを素直に表しても良いということに初めて気づいたという。

そのような目覚めとは裏腹に、二年半後、漸く帰国が叶った父を待ち受けていたのは、悲しい現実だった。あれほど辛い経験を乗り越えて故郷の名古屋に戻った父を見た祖母の最初の言葉は、嘆くような口調で「お前生きとったのか?」だった。父の実家は、地元では有名な家系。「抑留者はアカになって帰って来る」と騒がれ、父の帰国を恐れていた。

父は抑留生活で味わった飢えに対するトラウマが激しく、食べ盛りの子ども達が好物をめぐって争っているのを見るのがとても嫌いだった。私たち兄弟三人が食べ物の奪い合いをすると、決まって父は「食べ物で争うのだけは止めてくれ。お父さんの分をあげるからけんかはするな!」と叱った。

父は時折、シベリアで教わったという美味しいロシア料理を作ってくれた。ボルシチにもこだわりが深く、肉は羊肉でなければならない。未熟な青トマトで適度な酸味を出す。キャベツは煮込みに適した固い外葉を使う。シベリアの味を再現したくて、ビーツ、ディル、トマトはみずから栽培した。ピクルスも自家製。おかげで私は子どものころから、ロシア料理が大好きだった。しかし、収容所生活でこのような美味しい料理が食べられたのか、不思議に思った。抑留七〇年ということで、原稿を頼まれ、調べているうちに、父には、親しくしていた女性の存在があったことが分かった。だからこそ、シベリアでいくら辛い経験をしても、帰国後ロシアとの友好運動に没頭できたのか、と変に納得できてしまった。

ブカチャーチャ収容所出身者は、ヤゴダ会という同窓会を作り、無念にも帰国を果たせなかった同朋達の魂を慰めるべく墓碑建設および墓参旅行を実施した。父は、仕事の関係でなかなか墓参に参加できなかったが、いずれ、私を通訳として同行させ、シベリアに墓参に行くのが夢だった。

しかし、六九歳で癌に倒れ、入院した父を見舞った私は、「早く元気になって、一緒にシベリア墓参に行こうよ」と励ましの声をかけると、父は、「嫌だ！　あんなに辛いのは、思い出したくもない！」と苦しそうに返した。もしかして、入院中も時には過去を思い出し、悪夢にうなされていたのか？　胸が締め付けられた。そして、それが父の私への最後の言葉になるとは……

ノリリスクの丘に慰霊碑は佇《たたず》む

渡辺祥子（父は一九一一年生まれ）

「ノリリスク？　聞いたことないですね。どの辺ですか？」

父渡辺良穂《よしお》が他界した場所を言うと、必ずそんな問いが返ってきます。

現在は、世界的会社「ノリリスク・ニッケル」の所在地として知られています。北緯六九度、西シベリアのタイミル半島にあり、政治囚ほかソ連国家に対する重い罪を負わされた人たちの流刑地として、ロシア人の間では有名なところです。

冬はマイナス六〇度になることもあり、極夜とマロース（酷寒）に苦しめられます。そのようなところで強制労働をさせられれば、生きていることの方が奇跡と言えるでしょう。

父は明治四四年（一九一一年）山口県生まれ。一九四五年八月一五日の時点では樺太庁の役人として行政府所在地豊原（現ユジノサハリンスク）で働いておりました。私と母が先に内地に脱出した後に逮捕されましたが、どのような理由で有罪判決を受け、どのような経路でノリリスクに連れて行かれたか、正確なことは分かりません。当地から帰国された人の話によると、父は現地で井戸の水汲みをしていたとのことです。一九五〇年九月に死亡しておりますが、その死因にもいくつかの説があり、本当のところはいまだに分かっておりません。

父の消息がどのようにして私たちにもたらされたかですが、父と別れた時二四歳であった母は、夫がどうも樺太からソ連に連れて行かれたらしいと察し、どうしてもその行方を知りたいとあちこち聞き歩きました。時には引揚船が入港する舞鶴にも行ったそうです。一九五四年頃だったと思います。母がついに父の消息を突き止め、大泣きしていたのを今も思い出します。

私は、母がノリリスクに日本人慰霊碑を建てたがっていたことを思い出し、昨秋ついにそれを実現させることができました。それには一〇年かかりました。人には、いついかなる時にも「生存の権利」があると碑に刻みました。

今日も碑は、ノリリスクから見て東南にあたる日本の方を見て立っております。そして何よりも、何よりも命は大切なのですよと、静かに語っております。

母の遺言かなえ伯父の埋葬地へ

藤澤知保（伯父は一九二五年生まれ）

幼いころから、墓参りのたび、母の兄、大川義俊がシベリア抑留中に亡くなったことを聞いていた。母から勧められてシベリア抑留に関する本を何冊かは読んでいた。

一九九六年夏、盛岡へ帰省した際、高松公園のシベリア抑留平和祈念慰霊碑・平和祈念少女の像「ひまわり」を訪れた。シベリア抑留者であった彫刻家佐藤忠良氏の制作である。その少女像は、ひまわりを手に北の方角にある岩手山を向いている。その少女像の眼を追うと、さらにはるか遠くのシベリアの方を見つめている。

その平和祈念少女の像「ひまわり」の前で母は話し始めた。

「俊ちゃんは、かわいそうだった。私が三歳の時に父親が死んで母子家庭になり、母は子供三人を育てられなかったため、俊ちゃんだけ、岩泉の母の実家に預けられたのよ。小《こ》川門《がわかど》尋常小学校をでて、横浜に帰って来たけど、住込みでガソリンスタンドの小僧をしたりして働いていたわ。それから、南部さんの書生をしていた時、軍に徴収されて満州に行ったのよ。その後、シベリアに抑留され栄養失調で死んでしまった……。遺骨はないの……。

知らないシベリアの地に眠っている……かわいそうに！」

岩手県出身の兵士約八〇〇〇人が満州からシベリアに連行され、死者は一二〇〇人を超えたという。あどけない少女像「ひまわり」を視ていると胸が熱くなり、シベリアの方角に黙礼した。

三年前の二〇一三年九月、すい臓癌を患っていた母が「私は、行けなかったから、俊ちゃんの墓参に行ってちょうだい」と言って息を引きとった。母の遺品を整理していると、義俊伯父の戸籍の写しと、高松公園でのシベリア抑留平和祈念慰霊祭で母が読んだ「追悼のことば」が出てきた。

母が亡くなってから、遺言となったシベリア墓参を叶えたいと願っていた。

昨年の六月下旬に神奈川県庁援護課の毛利さんから、「八月一八日から三〇日までの予定で旧ソ連抑留中死亡者慰霊巡拝があります。いらっしゃいますか？」と連絡が入った。

さっそく申し込むと、厚生労働省から慰霊巡拝参加許可の通知があった。

八月一八日、成田空港を出発。ハバロフスクまで四時間であった。心理的に遠かった国の距離感が縮んだ。その夜は、ハバロフスクのホテルに泊まり、一九日、ハバロフスク駅一三時四七分発のシベリア鉄道に乗った。大海原のように続く森林の中を走る列車に揺られながら、抑留者の人たちは、このシベリア鉄道で家畜同様に運ばれたことを思うと目頭があつくなった。二一日の一一時四五分にヒロク駅に着き、小型バスに乗り換えて、ハラグン村行政府を表敬訪問し、副村長の案内で、収容所跡へ向かった。

旧チタ州ハラグンには、第五一五労働大隊、第五一六労働大隊、第五一九労働大隊、第五二〇労働大隊の四か所の収容所があった。収容所跡といっても今は何もなく、そこは原野である。よく見ると薄紫色の小さな花が咲いている。野の花が好きであった母を思い出し、その花を摘んでノートに挟んだ。

冬は、厳寒となり、この原野が凍土となることなど想像できない。第五一六労働大隊跡に全国強制抑留者協会が建てた碑とスミレ会（抑留生存者・遺族・有志）が建てた碑があり、そこで追悼がなされた。伯父が収容されたのは、第五一五労働大隊収容所である。

フルチエイ川の畔から、副村長が「あの山の麓に第五一五労働大隊収容所跡があります」と約四キロ先を指さした。そこへ行くには、三キロの湿地帯を通り抜けなければならないことから、あきらめることにした。

フルチエイ川に掛かる小さな丸太橋から約四キロ先の山の麓を見つめ、「お母ちゃん、シベリア墓参に来たよ。義俊さんの収容所跡には、行けないけれど、ここから黙祷するね！」と呟《つぶや》き一人たたずんでいると、後ろから厚生労働省の酒井さんが、「皆さん集まって下さい。藤澤さんと一緒に黙祷しましょう。黙祷！」

酒井さんの声が原野に響き渡った。それから、静かな、静かな時が流れた。

頬に触れる風が、一三名の巡拝団の祈りを伯父の眠る収容所跡まで届けてくれた思いがした。

ロシアは、すでに秋桜《コスモス》が咲いていた。

タイシェットの小村に鎮魂のバリトン――古川精一氏の旅　（ロシアの地方紙から）

日本のオペラ歌手が、一九四六年に日本人捕虜収容所で死んだ伯父の墓を見つけるために、シベリアに来ました。

田舎では文化的行事が十分にはないとよく言われていますが、タイシェット地区クヴィトーク村では最近、特別な広告もなく東京のオペラの現役ソリスト・古川精一氏のコンサートが開かれました。一〇〇人くらいの人が集まりました。大半は学校の生徒でした。しかし、重要なのは観客の数ではなく、地元民がこの思いがけないコンサートのおかげで、同地の墓地に、無名の人々の墓所の一つに葬られている日本人捕虜、相川實氏に感謝していることなのです。

製図家だった捕虜

古川精一氏は伯父のことを写真でしか知りません。家族に引き継がれている記念品のなかに亡くなった肉親たちの写真があり、古川氏は幾度か、母の兄である相川實氏の写真を見ました。祖父母の家の仏壇にも、家族のアルバムにも写真がありました。

家族の話から、古川精一氏は伯父が一九四四年に召集され、捕虜になり、その後シベリアで亡くなったことを知りました。イルクーツク州のタイシェット地区です。第二次世界大戦が終わった後、一九四五年九月に、捕虜となった五〇万の日本人兵士はシベリアの収容所にいました。イルクーツク州には七万人の捕虜がいました。捕虜たちは道路や家の建設、石炭や岩塩の採掘、森林伐採に従事しました。うち七千人がここに残留しました、永遠に、です。相川實氏の黄ばんだ〔登録〕カードには、次のように記されています。「職業製図家／称号　兵士／階級　兵卒／ハルビンで一九四五年八月二〇日捕虜となる／一九四六年三月六日収容所で死亡／診断　栄養失調症」。

「私はしばしば伯父の残酷な運命について考えます、周りの人に愛されて育ち、いい教育を受け、希望ややりたいことがいっぱいあったのに、二三歳で家からはるか離れたところで苦しみのなかで死んでしまったのです。家族や恋人が伯父を待っていたのに、です。私も、私の家族も伯父がそのように死んだことに、怒りをずっと心の底にいだいていました。いまは誰が正しいとか、誰に責任があるのかとかはもう大事なことではありません。もっと大事なのは、亡くなった人々についての思い出を大切にし、敬意を表することです」。

今まで、埋葬された正確な場所を知ることはできないと思われていました。「鉄のカーテン」がなくなった時には、亡くなった相川氏の近親者はもうかなりの年になっていました。死者に敬意を表することにしようと古川精一氏は決心しました。幸いなことに、ロシアが日本側にかつての捕虜についての情報を提供したのです。

第一三区画

資料の中に、相川實氏は第一四墓所の第一三区画に埋葬されているという文書がありました。それには「14-13-7　12459」という識別記号がありました。この埋葬地はタイシェット地区クヴィトーク村にありました。古川精一氏は古い墓地の場所に行きましたが、墓は見つかりませんでした。

「この資料が手に入った時、番号があったのでとても嬉しかったです。でも、墓地に行ったとき見たのは地上に突き出ている棒だけでした。何の番号もなかった……とれてしまっていたようでした。一九九四年と一九九六年に日本政府は、クヴィトークに埋葬された捕虜六一二人のうち四九八人の遺骨を東京に運んだのです。その時、相川實の遺体も火葬に付されて日本に運ばれ、遺灰も他の兵士達の遺灰と共に東京の「記念公園」〔千鳥ヶ淵戦没者墓苑〕に納められたのかもしれない。ここ〔クヴィトーク〕には一一四の墓があっていいはずなのに、見えるのは全部でたった四〇だけだから、他の多くの例のように墓が単にすでに〔埋もれて〕見えなくなっているだけだとしたら、事態はずっと悪いです。でも、もしその中の一つに伯父の遺体があるなら、改葬の時に識別判定が可能になるでしょうが」。

雨に托された願い

「墓地を訪ねた時に、自分はこの小さな村でコンサートをしたいのだと気づいたのです」と古川精一氏は語りました。「伯父の墓を探していた時、突然、雨が降り出したのです。私には、これがここに葬られている人々の、何か僕たちのためにしてくれよと呼びかける涕泣《ていきゅう》のように思えたのです」。

東京の音楽院を出て、アジア、ヨーロッパ、アメリカで公演し、一二年間ドイツのオペラ劇場でソリストを務めた古川氏はクヴィトークで何曲か、心を込めて歌いました。「エフゲニー・オネーギン」（ロシア文学の父と言われるプーシキンの小説をチャイコフスキーがオペラ化したもの）は全部ロシア語で。古川氏にとってこのコンサートは伯父の思い出を顕彰するものであり、平和事業への自身の力強い寄与となりました。古川氏は、自分のコンサートが日ロの友好促進に寄与すると本当に信じています。そしてすでに、来年にはここでさまざまな日本の民族楽器を使った公演を行なおうと計画しています。

（『東シベリアの論拠と事実』二〇一五年九月一〇日付けの記事。原題「誰のためにオペラは響く。東京フィルハーモニーのソリストはシベリアの奥地で歌った」下田貴美子訳、富田武監訳）

第三部　若い世代の声

【学生座談会】シベリア抑留――私たちのリアル

伊藤麻子（成蹊大学三年／紙上参加）、清水裕太（成蹊大学三年）
松田美紀（東洋大学四年）、御木淳一郎（東洋大学四年）
司会　富田武（成蹊大学名誉教授、東洋大学兼任講師）

司会　今日はシベリア抑留について自由に話し合って、若い世代の見方、感覚を聞かせてもらいます。東洋大学の二人は、私の西洋史学演習で半期は抑留を学びました。成蹊大学の二人は、私の政治学演習を履修していて、演習は抑留をテーマにしていないけれど、自分で関心を持って勉強しています。

では最初に、それぞれがシベリア抑留問題を知ったきっかけは何かから話してもらいましょう。

松田　先生の演習に参加してから、家族に抑留がゼミのテーマだと話したら、実は祖父が抑留されていたと聞かされました。祖父はもう亡くなっていますが、祖母から祖父の友人が書いた本を借りて読みました。

司会　何という本ですか。

松田　『捕虜体験記』（ソ連における日本人捕虜の生活体験を記録する会、一九八四－一九八年）です。祖父は南樺太の部隊にいて、拘束されて大陸に移送され、ハバロフスク地方のフルムリに抑留されました。『捕虜体験記』第四巻の回想に「体験そのものだった」という書き込みがあります。とくに四国五郎さんの「絵で綴《つづ》った抑留生活の断面」には「生々しい実録体験記である」と書き込まれています。祖母の話では、祖父は鉄道建設や森林伐採などに従事しましたが、南京虫《なんきんむし》や虱《しらみ》に悩まされ、零下四〇度の寒さにも耐えたそうです。「民主運動」にも参加し、しっかり学べば日本に帰すと言われ、熱心に勉強したとのことです。

二年二カ月で帰国しました。

清水　曾祖父母が朝鮮半島からの引揚者だったので、中学生くらいから祖母が引揚げてきた話は聞いていました。曾祖父は朝鮮総督府関係の仕事で、シベリア送りは免れましたが、すべての家財道具を捨てて着の身着のままで、家族を連れて大変な思いをしながら朝鮮を脱出して帰国したそうです。抑留問題に関心を持つようになったのは、先生が一年次の戦後史の講義で触れられ、最終講義の折に著書『シベリア抑留者たちの戦後』（人文書院、二〇一三年）を買って読んだからです。

伊藤　私の祖父も満鉄の仕事をしており、葫蘆島《ころとう》からの引揚者でした。先生がシベリア抑留について研究されていることを母に話したところ、祖父がそのような境遇にあったことを話してくれました。それまで抑留に関して詳しいことは知りませんでしたが、身近に過酷な体験をした人がいると分かり、家族としても、日本人としても「全く知らない」ではいけないと思ったからです。

御木　中学二年のとき、たまたま本棚にあった寺島儀蔵の『長い旅の記録』（日本経済新聞社、一九九三年）を読んで、収容所に関心を持ちました。それ以降、いわゆる収容所ものを読み始めました。

司会　寺島は一九三五年ソ連に亡命してモスクワの野坂参三らと接触しましたが、スターリンの恐怖政治が猛威を振るった三八年に逮捕され、有罪とされて一八年間も矯正労働収容所（刑事犯・政治犯用）に入れられました。『長い旅の記録』は、その回想記です。

御木　シベリア抑留では、水谷決司《えいじ》の『シベリア日本人捕虜収容所』（自由国民社、一九七四年）を読みました。ハルビンかどこかで映画館の館長をしていた人で、収容所で配電線を盗んだのではないかと厳しい尋問を受け、認めればこのパンをやると言われても「民主運動」への誘いにも乗らなかった人でした。こんな意思の固い人がいるものかという点が印象に残りました。

司会　高校日本史ではシベリア抑留はほとんど触れられないと言いますが、皆さんはどうでしたか。

松田　授業は第二次大戦あたりからどうしても駆け足になり、受験でもあまり出ないということで先生も軽視したので、習わなかったと言ってもいいと思います。（全員うなずく）

音楽劇『君よ生きて』を観て

【「君よ生きて」あらすじ】

大学を出て就職した二三歳のトモキは、職場でうまくいかず、母にも叱られ、ある日旅に出て舞鶴を通りかかる。ここで、死んだ曾祖父の大川善吉と会い、七〇年前にタイムスリップして善吉に入れ替わる。場所はシベリアのどこか、鉄道建設地らしい。収容所の仲間は何と、同じくタイムスリップした職場の部長とその部下二人。四人の労働と生活では、少ないパンを天秤秤《ばかり》で測って争いながら分け合うシーン、女性軍医が尻をつねって健康状態をチェックするシーンなどがある。四人は「生きて帰る」ことを幾度も誓い合うが、ある日隊長の病状が悪化する。隊長は女性軍医に申し出て、ピアノを弾かせてもらい、女性軍医が戦争で死んだ父母、妹、恋人を想って「ともしび」を歌う。そのとき隊長は白樺の皮に書いた詩を善吉に渡すよう軍医に託す。隊長は死に、遺書となった詩は善吉に手渡される。舞鶴港には、満州で善吉と別れ、長男をおぶって帰国した妻のハルエが夫の帰りを待っている。第一部はここまでで、第二部は引揚船での出来事（もう一人が病死）、舞鶴帰還、京都駅での右翼によるリンチ（さらに一人が死亡）と続き、新聞社で抑留特集記事を担当した母と、タイムスリップから戻ったトモキがお互いを理解する場面で終わる。トモキは遺書の詩「君よ、生きて」を噛《か》みしめながら、自分が生きているのは曾祖父から繋がれてきた命であり、仲間に支えられた命であると母に語る。

司会　『君よ生きて』を観て、一番印象に残った場面は？

御木　黒パンを秤でもって、きっちり均等配分するシーンです。僕たち「飽食の世代」には想像を絶することで、分かるのは戦後の食糧難を経験した方々くらいでしょう。とる順番をじゃんけんで決めるとか、ましてや「あっち向いてホイ」で決めるとかは、現代に合わせた演出でしょうが、そうやってギャップを埋めようとしているのは分かります。

松田　私は、大川善吉たちの隊長が女性軍医に頼んで収容所のピアノを弾かせてもらい、軍医が「ともしび」を歌うシーンが印象的でした。そういうことは本当にあったんですか。

司会　おそらく演出・脚色担当の望月龍平さんが調べて、五年前の八月七日の『朝日新聞』一面記事「望郷ピアノ　響き再び」を参考にしたのではないかと思われます。

御木　「ともしび」という歌は、日本人に知られていたんですか。

司会　いや、この歌をはじめロシア・ソヴィエト歌謡は捕虜たちが現地で覚え、日本に持ち帰って和訳され、歌声喫茶を通じて広められました。

御木　主人公たちが、自分たちはソ連の支配下に置かれ、労働にこき使われているけれども「心までは支配されない」と叫ぶシーンですが、この音楽劇では日本人捕虜を共産化しようとした「民主運動」が出てきませんでしたね。

司会　「民主運動」を出すには、日本軍の階級制度が収容所でも維持されて上官の横暴や兵隊いじめがあったことを言わなくてはならず、「民主運動」と当局の政治教育との関係も説明しなければなりません。話の筋が込み入らないように省いたのでしょう。でも、舞鶴に引揚げてから、仲間の一人が「アカだ」と言われてリンチされ、殺されてしまうシーンがありましたね。引揚者が帰国後に受けた、就職をはじめとする差別の伏線として入れたのでしょうが、原因の「民主運動」に触れないのは、たしかにバランスを欠いています。

清水　印象深かったのは、抑留者たちが帰国をどれだけ待ち望んでいたか、舞鶴港に近づくシーンで痛いほど分かりました。小熊英二の本（『生きて帰って来た男』）で書かれているお父さんの帰国の場面だと、切実さは十分には伝わりませんでしたので。

御木　この音楽劇のメッセージが何かを考えてみますと、自分には、トモキのメリハリのない生活とか、いい加減さに共感してしまう点があります。しかし、彼のようにタイムスリップして抑留を体験したことによって立ち直れるかと言うと、むろん抑留自体を体験できるわけもなく、できそうもありません。

清水　トモキがタイムスリップして抑留を体験したことによって、自分が曾祖父母、祖父母、父母から「命のバトンを受ける」ことで初めて存在しているのだと自覚し、それは平和が続いたからでもあると気づく点に、この音楽劇のメッセージがあると思います。そこに僕も心を打たれました。

司会　抑留のことを学んで、もっと知りたいことは?

御木　ドイツ、ソ連、日本の捕虜を見てくると、ドイツ人もソ連人も日本人もすべて抑留システムの犠牲者だったと言えます。ソ連の収容所の看守は日本人捕虜をどう見ていたのでしょうか。彼らもドイツの捕虜だった者が多いと本で読んだことがあるものですから。

司会　『君よ生きて』でも、女性軍医が隊長に、家族をドイツとの戦争で失って戦争を憎むと語り、私たちは日本人の労働や生活ぶりを見て尊敬していると話す場面がありましたね。むろん、表立っては言えませんでしたが、抑留体験者の回想記にはこの種の話がかなり出てきます。

御木　ソ連の一般人はどうだったのでしょう。

司会　収容所は総じて住民から隔離されましたが、都市の建物工事や農村のコルホーズの収穫応援では一緒に働きました。そこでは、同情したお婆さんから捕虜がパンや食べ物をもらった話、住民が日本人の仕事ぶりに感心し、中央アジアやモンゴルのように公共の建物の出来が良くて後々まで感謝される話などがあります。ソ連人の日本人に対する感情は悪くはありませんでした。

清水　抑留の問題を考える場合、とかくソ連とスターリンだけが悪者にされ、日本人が被害者だと強調されがちです。たしかに抑留は悪逆非道なことでしたが、日本が満州を支配し、中国人を苦しめた加害の面も忘れてはならないと思います。また、日本人の中でも、満蒙開拓団の人々が置き去りにされました。

司会　そうですね、日本の軍隊は階級制度が絶対で、「戦陣訓」にあるように捕虜になるくらいなら死ねと、自決や玉砕を強いたり、捕虜や民間人を虐待、虐殺したりするような非人道的な軍隊だったことも思い起こすべきでしょう。

松田　抑留者たちが、日本人同士なのに争ったことが残念です。もっと団結して収容所当局に当たればよかったのに、階級制度が残された結果として争いがあり、「民主運動」という名の吊るし上げや密告もありました。

司会　もう少し突っ込んで考えてみると、捕虜同士が生き残るための生存競争をやった（強いられた）点も見逃せません。冒頭に出てきたパンの均等分配をめぐる恐ろしいばかりの仲間同士の監視もそうですが、死んだ仲間を埋葬する前に衣服を剝《は》いで自分のものにしたり、売ってパンに替えたりしたことも回想記に数多く見られます。体験者たちは自責の念を込めて「餓鬼道に堕ちた」という仏教的な表現で書いていますが。こうした他人を蹴落としてでも自分だけは生き残ろうとする行動は、アウシュヴィッツ絶滅収容所を生き残ったユダヤ人精神科医フランクルの名著『夜と霧』にも出てきます。

御木　収容所では、何か楽しみらしいことはあったんでしょうか、賭け事とか。

司会　当初は「三重苦」（寒さ、飢え、重労働）で疲れきり、仲間同士の話し合いが唯一の楽しみでした。とくに、音楽劇で「おふくろの作った塩むすびが食いたい」とあったように、食べ物が最大の話題でした。「ぼたもち」と「おはぎ」はどう違うかで、口角泡《こうかくあわ》を飛ばすような議論をしたという話もあります。家庭料理や郷土料理の自慢話に花を咲かせ、憂さを晴らしました。

やがて一九四七年後半くらいからソ連の経済情勢が好転して、収容所生活にも余裕が出てくると、趣味を楽しむ時間ができました。手製の将棋や碁、麻雀や花札さえも現れ、俳句や川柳、絵画（絵の具やキャンバスがないので、炭で数少ない紙にスケッチ）、音楽や演劇のサークルが誕生しました。「民主運動」側も音楽や演劇を奨励し、中にはプロもいたので、楽団や劇団が結成され、帰国後の文化運動の担い手となりました。演歌の三波春夫やクラシックの黒柳守綱（徹子の父）が有名です。

清水　収容所内で食べ物その他を買うことはできたのでしょうか。

司会　売店（軍隊用語では「酒保」）は、いま言った経済情勢の好転とともに収容所内に設けられ、その頃賃金も不十分ながら（給食費等を天引きして）支払われるようになったので、捕虜も利用しました。とくに帰国前には、ルーブリ持ち帰りが禁じられていたため、食べ物やタバコ、酒類を購入したことが回想記からも窺えます。

このほか排泄や性（セックス）のことも重要ですし、抑留者たちは何を支えに苦難を乗り越えたのか（最大公約数的には家族、故郷への思い）など話題は尽きませんが、最後に、最近読んだ抑留に関する本で印象深かったものを教えて下さい。

清水　辺見じゅんの『収容所から来た遺書』（文藝春秋、一九八九年）ですね。山本幡男さんは収容所で俳句や詩を作り、抑留仲間を必死に励まし、また仲間たちは山本さんの遺書をあの手この手で日本に持ち帰ろうとしたのですが、極限状態で人間同士が協力し遂にそれに成功したのには驚かされました。並大抵の覚悟ではなかったと想像できます。

伊藤　小熊英二の『生きて帰って来た男』です。先ほども述べましたが、祖父はシベリア抑留こそ体験しなかったものの、葫蘆島からの引揚者でした。抑留というと暗いイメージばかりが先行して、祖父の存命中に詳しく話を聞こうという気持ちには中々なれませんでした。しかし、この本を読んでみると難しい用語が出てくることもなく、いつの間にか読了。内容的にも抑留問題初心者にとっては大変読み易く感じました。

私がそのように感じた点は幾つかありますが、その一つに抑留にフォーカスをするのではなく、戦前・戦中・戦後という流れの中での一局面として抑留が取り上げられた点が大きいと思います。また内容については、収容所で「民主運動」が起こったことが特に印象的でした。不安に苛《さいな》まれながらの生活で心の拠り所として特定の思想に行き着く様は、ある種の宗教性さえも感じました。太平洋戦争についてはメディアで取り上げられることも多く、若い世代の認知度も高いかと思います。この本は「今知っていること」から「新しく知ること」へと繋げるチャンスを作ってくれた作品です。ぜひこの節目の年に多くの学生に読んでもらいたいです。

シベリア抑留Q＆A

この問答は、都内某私立大学史学科の学生たちが演習で「シベリア抑留」を選択し、非常勤講師の先生に質問する場面を想定していますが、実体験に基づいたものです。冒頭に、この学生たちが高校の授業で使った教科書ではどう書かれているかを示します（『詳説　日本史B』山川出版社、二〇一二年）。

（アメリカによる広島、長崎への原子爆弾投下の記述の後に）「また八月八日には、ソ連が日ソ中立条約を無視して日本に宣戦布告し、満州・朝鮮に一挙に侵入した②。」

脚注②「侵攻するソ連軍の前に関東軍はあえなく壊滅し、満蒙開拓移民をはじめ多くの日本人が悲惨な最期をとげた。生き残った人びとも、引揚げに際してきびしい苦難にあい、多数の中国残留孤児を生む結果となった。」（三六八頁）

コラム欄〈復員と引揚げ〉「とりわけ悲惨だったのは旧満州国地域の居留民で、彼らのうち、飢えと病気で死んだものも少なくないし、残留孤児として残されたものもあった。ソ連に降伏した約六〇万人の軍人や居留民はシベリアの収容所に移送され、厳寒の中で何年間も強制労働に従事させられて、六万人以上の人命が失われた。ソ連からの引揚げはもっとも遅れ、最終的には一九五六（昭和三一）年頃までかかった。」（三七七頁）

Q　日本史の授業は第二次世界大戦後が駆け足になってしまい、シベリア抑留について詳しくは習いませんでした。私の高校の教科書では、右のように書かれています。

まず訊きたいのは「抑留」という言葉です。国語辞典を引くと「無理に引き留めておくこと」となっています。でも、教科書では「シベリアに移送された」となっていますが。

A　実際は満州、北朝鮮、南樺太からソ連領（及びモンゴル）に強制連行された人々と、南樺太（日露戦争後は日本の植民地、しかしヤルタ協定でソ連領になる）の民間人のように元々住んでいたところに「無理に引き留められた」人々がいました。でも、強制連行された人々も、数年間、人によっては一一年間シベリアに「無理に引き留められた」点は同じでしょう。

Q　地理で習ったんですけど、シベリアってウラル山脈の東側で、極東（沿海地方、ハバロフスク地方、及びその北部）までの間ですよね。日本人が抑留されたのは、その辺りなんですか。

A　日本人が抑留されたのは、旧ソ連のほぼ全域に及んでいました。ヨーロッパ部、コーカサス地方、中央アジア、形式的には独立国の外モンゴル（モンゴル人民共和国）にも抑留されたのです。一九一八年の「シベリア出兵」もそうですが、当時シベリアは相当広範囲な地域を指すものと理解されていて、「シベリア抑留」もそのように報道され、通称として定着してしまったのです。

Q　ところで、抑留されたのは軍人だけではないんですよね。それに、敵国に捕えられた軍人はふつう捕虜といいませんか。

A　関東軍将兵約六〇万人が抑留されたとよく言われますが、満州国政府の警官も含めた役人、満鉄（南満州鉄道）の職員、協和会（満州国内諸民族の協調を図る団体）役員も含まれていました。陸軍病院に勤務する、日本赤十字社派遣の看護婦や彼女らによって養成された臨時看護婦、また電話交換手やタイピストの女性も抑留されました。国際法的には、彼らは軍人・軍属（戦闘はしないが、衛生看護、通信、輸送等の業務に就く）ではないので抑留者と呼ばれ（正しくは被抑留者）、軍人・軍属で戦闘中に敵方に拘束された者を捕虜といいます。新聞テレビの報道ではひっくるめて抑留者と言っていますが、私は捕虜・抑留者と呼んでいます。

Q　捕虜と抑留者はそれぞれ、どれくらいだったのでしょうか。

A　捕虜は関東軍（北朝鮮駐屯の部隊を含む）と第五方面軍（南樺太、千島）を合わせて約六一万人（但し、満州現地釈放三・七万人、満州野戦収容所で死亡一・六万人）、抑留者は関東軍将兵とともに連行されたのが七千弱、南樺太の居留民約二七万、北朝鮮の居留民と満州からの難民で約三〇万（但し、約二五万が一九四六年末までに南下脱出）、遼東半島に足止めされた満州居留民が約二二万、総計約一三〇万人にのぼります。

Q　捕虜収容所とはどんな施設でしたか。

A　人々は、八月二三日の国家防衛委員会決定（スターリン指令）に従い、沿海地方七万五〇〇〇人、ハバロフスク地方六万五〇〇〇人……というように配置され、収容されました。収容所は一般に、伐採や鉄道建設、道路工事、採炭などのために人里離れたところに置かれました。しかし、収容所がないところも多く（その場合は建設させられた）、あっても木造バラックが基本でした。半地下式住居（竪穴式住居のようなもの）や天幕さえありました。内部は二段ベッドを蚕棚のように並べたもので、ストーブはありましたが、室内の温度が零下であることが普通でした（規則では一八度とすることになっていた）。これでは、すでに移送中に病気に罹っていた者が悪化し、死亡したのも無理ありません。

Q　そんな状態で労働できたんですか。

A　人々は収容所に着くと、労働のための身体検査を受けました。裸にされて、医者が尻の肉をつまんで等級を決めたのです。一級は重労働、二級は中労働、三級は軽労働向けとランク付けされ、それ以下の者はオーカー（療養組）に入れられました。収容所当局の報告書には、一九四五－四六年の冬は作業出勤率が低いと書かれましたが（五〇％以下）、移送中から病気に罹《かか》り、罹《かか》らなくても体力が低下していた者が多かったのだから当然です。

健康でも仮病を使う者、さらには自分を傷つけて労働を逃れようとする者も少なくありませんでした。

Q　食事はどんなものだったのでしょうか。

A　一日に黒パン三五〇グラムと薄いカーシャ（肉も野菜もほとんどない雑穀入りのスープ）だけの食事でした。捕虜収容所を管轄する内務省は給食基準を決めていて、パン食のドイツ人等とは異なり、日本人には一日米三〇〇グラムを支給することになっていました。しかし、米は関東軍が満州に備蓄していた米しかなく、すぐに尽きてしまいました。栄養価は二キロカロリーにも及ばず、誰もが栄養失調症になり、しかも野菜不足から壊血病にも罹りました。

「衣食足りて礼節を知る」という言葉がありますが、極度の食糧不足は抑留者同士の醜い争いを生みました。あるいは、争いを避けるためにパンやスープの分配は、誰かが得をしないよう厳しい監視のもとで行われました。パンの切り分けを仲間が目を爛々とさせて凝視する吉田勇の絵が、その様子をよく示しています。こういう慢性的飢えの中で、抑留者たちの最大の話題は、かつて食べた、帰国したら食べたい大福や刺身、お国自慢の料理等々でした。

Q　どんな労働をさせられたんですか。

A　従事させられた仕事のうち最も多かったのは森林伐採・製材でした。木材は建築資材、線路の枕木、そして燃料となりました。タイガの中で高さ二〇メートルもある巨木を二人用鋸で倒し、さらに枝葉を払って一定の長さの角材にする仕事で、きついうえに、巨木が倒れたり積み上げた角材が落下すると、下敷きになる危険性の高い仕事でした。

第二は、バム（バイカル・アムール）鉄道建設で、西方のタイシェット・ブラーツク線と東方のハバロフスク地方の線二つから成っていました。前者は、正確にはタイシェット東方六八キロメートルから再開され（戦争中は工事中断）、一九四七年革命記念日までに完成という突貫工事を強いられたため、当時「枕木一本に死者一人」と言われるほど、多くの犠牲者を出しました。第三は、鉱山、とくに炭坑の仕事で、石炭は当時主たる燃料だったため（発電、蒸気機関車、暖房）きついノルマが課されました。しかも機械化が遅れ、安全対策も不十分だったため、落盤事故で死亡したり粉塵で珪肺《けい》になるなどの労働災害がありました。

Q　労働時間はどれくらいだったのでしょうか。

A　統計はありませんが、回想記などによると、一二時間前後だったと見られます。ソ連は八時間労働を建て前にしていましたが、収容所の場合は作業現場までの往復時間は含まれませんでした。往復時間は、徒歩で、吹雪のときなど二時間を超える場合があり、そもそも出所時刻及び入所時刻に行われる野外での点呼が、警備兵が正確に数えられないため各々一時間を要することも少なくありませんでした。しかも、ノルマ（標準作業量）が本来なら単位時間当りの作業量であるのに、収容所では一日に達成すべき作業量と解釈され（達成するまで働けと）、それだけ労働時間が長くなったのが実態です。

Q　強制労働と言われますが、抑留者は賃金をもらったんですか。

A　結論から言えば、当初はもらわず、一九四七年頃からもらうようになりました。捕虜に関する国際条約（ジュネーヴ条約）では、労働させてもよいが賃金を支払うことが条件でした。ソ連は第二次世界大戦で大きな被害を受けたため、支払う余裕がありませんでした。スターリンは、被害の賠償としてドイツや満州から工業設備を持ち去り、そのうえ人的賠償として捕虜をタダ働きさせる考えでした。

しかし、タダ働きでは生産性が上がらないので、経済の立て直しが軌道に乗った一九四七年頃から賃金を支払うようになりました。但し、給養費、つまり捕虜の給食など収容所の維持費の分は差引いたので、手元にはわずかしか残りませんでした。正確に言うと、そのわずかな現金も収容所当局が預かり、送還の際に返してもらえず、あるいはソ連通貨持出し禁止のため無理に消費させられました。

Q　すると、一日の大半は労働とそのための往復に費やされ、収容所に帰っても夕食後には疲れて眠るという生活だったのでしょうか。

A　少なくとも最初の冬（ソ連北部では一〇月から四月まで年の半分以上は冬）はそうでした。一九四六－四七年冬も、ヨーロッパ部で大規模な飢饉があって全国的に影響が及んだため、厳しい生活が続きました。一九四七年後半からは経済改革があり、他方では「民主運動」（後述）も力をつけてきて、収容所生活にやや余裕が生まれ、その改善も図られました。土曜、日曜には歌謡や演劇など娯楽が行われ——「自主的文化活動」と呼ばれた——故国の家族との往復葉書による通信も始まりました。

Q　前後しますが、収容所では病気の治療はきちんと行われたのですか。

遺体埋葬の絵（吉田勇）

A　ソ連はもともと医療水準が低く、シベリア・極東方面はとくにそうでした。もちろん、軍医や衛生兵、看護婦がいて、重症患者用に特別病院が設けられ、収容所には医務室がありました。しかし、医療スタッフは不足し、捕虜の日本人軍医や衛生兵の助けを借りることも少なからずありました。医薬品や治療設備も不足していて、例えば麻酔なしの外科手術も日常茶飯事でした。全死者約六万人の約八割が最初の冬に死にましたが、それは先に述べたような伝染病の蔓延《まんえん》があったほか、これに対する治療や予防がまったく不十分だったからです。

Q　死者はきちんと葬られたのでしょうか。

A　いいえ、結論から言えば、とくに初期は「死体遺棄」に等しいものでした。国際条約では、捕虜の死者は「敬意をもって」丁寧に葬られ、墓標も立てられ、しかも捕虜の所属国に通知することが義務づけられていました。実際には、移送途中の死者は線路脇に遺棄され、収容所での死者は、すでに真冬だったため付近に適当に穴を掘って埋めただけでした。

遺体は身ぐるみはがされ（生き残った者が使う、またはパンと交換するため！）、凍って穴が浅くしか掘れなかったため、春になって解けると野生動物に食い荒らされる始末でした。日本式に火葬し、仲間が遺骨を持ち帰ることは禁止されていました。死亡は収容所当局に記録されましたが（解剖結果も含めたカルテあり）、それが外交当局を通じて日本政府に通知されることはありませんでした。

Q　先ほど言われた「民主運動」って、何ですか。

A　収容所の運営を民主化しようという運動のことです。ソ連は当初、日本軍の階級秩序、その指揮命令系統を利用して効率的に捕虜を労働に使役しようとしました。ところが、一九四六年に兵士が階級秩序を否定する反軍闘争を開始しました。将校が労働もせずに兵士をこき使い、しかも食事を優先的に確保するのはおかしいではないかと、襟に付けた階級

『日本新聞』を囲む捕虜（竹内錦司）

章を剥ぎ取る運動を始め、これが収容所当局の援助もあって急速に広まったのです。ソ連はすでにドイツ人等の兵士を指導して「反ファシスト運動」をやらせていましたから、日本人兵士にも収容所運営の発言権を与え、ひいては帰国後の日本民主化の担い手を育てようとしたのです。収容所の下部単位である分所（小は数十人から大は千人まで）に『日本新聞』を普及させ、その読書会から民主グループを結成させ、そのアクチヴ（積極分子）をもって上部の収容所に反ファシスト委員会を設立するという手順でした。この「民主運動」はハバロフスク地方でスタートし、沿海地方、チタ州、イルクーツク州、カザフ共和国カラガンダ州など全国に波及しました。『日本新聞』や分所の壁新聞が媒体となり、政治学習活動や労働における生産性向上運動が進められました。先に述べた歌謡、演劇などの自主的文化活動もこれと一体に進められたものです。

Q　抑留者はいつから帰国できるようになったのですか。

A　一九四六年一二月の米ソ協定により、毎月五万人ずつソ連及びソ連管理地域から送還されることになりました（在日朝鮮人の日本からの送還もセットで行われた）。この規定は一九四七年五月までは守られたのですが、その後は五万人未満となり、しかも冬期は港（ナホトカと樺太の真岡）の凍結を理由に送還されませんでした。折からの冷戦エスカレートの中で、アメリカはソ連の送還サボタージュを非難し、ソ連は米国と日本が帰還船を十分に送らないからだと応酬しました。

最近旧ソ連の公文書公開で判明した点は、ソ連、とくに経済官庁と地方当局が経済復興に不可欠な労働力としての捕虜の送還をできる限り遅らせようとしたことでした。もちろん、冷戦の最中のプロパガンダですから、アメリカも、その占領下で言いなりの日本政府も、ソ連に残留させられている抑留者の人数を過大に見積もり、宣伝していたことが、二〇〇〇年に公開された日本外務省の文書で明らかになりました。

Q　抑留者の帰国は留守家族を喜ばせたのでしょう。

A　たしかにそうですが、「民主運動」参加者は帰国を「天皇島上陸」と呼び、赤旗を振り、革命歌を高唱し、隊列を組んで舞鶴港に上陸したものですから、迎えの家族は驚きました。しかも、家族と抱き合うより行進、集会を優先したため、マスコミ（当時は主として新聞）はこれを批判的に報道しました。一部の関東方面に帰る「民主アクチヴ」は、代々木の日本共産党本部に立ち寄って集団入党したので、「シベリア帰りはアカ」のイメージがマスコミによって作られました。

Q　帰還者はみな、共産党支持者になったのですか。

A　いえ、違います。ソ連各地の捕虜収容所からナホトカの送還収容所に集められた帰還者は、たしかに政治教育の総仕上げとも言うべき講習を受け、スターリンに対する感謝文（労働の喜びを教え、社会主義に目覚めさせてくれたことへの感謝）に署名しました。

しかし、そこには「民主運動」に同調する態度を見せることが、給食の増量や早期帰還に有利だという打算も働いており（捕虜収容所のときから）、必ずしも共産主義思想に同調したわけではありません。多くの帰還者は、故郷に帰って落ち着くと、日本は貧困のどん底にあり、天皇と反動勢力が支配しているというソ連と「民主運動」のプロパガンダが嘘だと気づき、ソ連と日本共産党から離れていきました。

Q　帰還者の生活はどうだったのでしょう。

A　帰郷しても満州移民の場合は家がなく、家があっても元の職業に復帰できた者は稀だったため、多くが居候《いそうろう》するか、失業しました。更生資金は僅かばかりで、生活保護を受けるか、「ニコヨン」（日給二四〇円に由来する）と呼ばれる日雇い仕事で食いつなぐ者が多かったのです。帰還者たちは、満蒙同胞援護会や引揚者団体全国連合会等に結集して、引揚者の生活援護と帰還促進を日本政府に訴える運動を繰り広げました。

しかし、ここでも保守系団体と共産党系団体が対立し、帰還の遅れをめぐって保守系は米国と日本政府の主張を、共産党系はソ連の主張をオウム返しに唱えたのです。両者とも、抑留中の労働に対する賃金支払いを要求しませんでした。保守系は、ジュネーヴ条約を根拠とする賃金要求は捕虜であることを認めることになるため、共産党系はソ連政府とスターリンに感謝こそすれ、賃金を要求することなど思いもよらなかったからです。

Q　抑留者はいつまでソ連に留められたのですか。

A　ソ連が一九五〇年四月に、戦犯を除いて送還完了を発表したとき、九〇％を超える抑留者が帰還していました。しかし、関東軍の将軍、参謀将校のほか、特務機関、憲兵、警察関係者は戦犯の疑いで取調べ中または有罪判決を受けていました。

一九五二年四月のサンフランシスコ平和条約発効後は（対日理事会が解散し）日ソの外交関係が途絶えたので、日本赤十字社が長期抑留者の釈放を求めてソ連赤十字社と交渉し、一九五三年一二月第二次引揚げが開始されました。第二次引揚げは日ソ共同宣言（一九五六年一〇月一九日）後の第一〇、一一回をもって完了しましたが（合計二六六六人帰国）、いわば人質の扱いだった近衛文隆中尉（元首相で自殺した文麿の長男）が送還直前に病死する悲劇もありました。

Q　日ソ共同宣言で抑留問題は解決したのですか。

A　中途半端な解決でした。日ソ共同宣言は両国の戦争状態を終わらせ、長期抑留者を全員（残留希望者を除き）送還することになったのですが、両国が相互に請求権を放棄することも宣言しました。日ソ戦争はソ連が一方的に侵攻したものだから、ソ連側は賠償請求する立場ではなく、被害を受けた日本が工業設備の持ち去り、収容所での強制労働につき請求すべきところ、請求権を放棄してしまったのです。

Q　労働補償要求の運動について、教えてください。

A　ジュネーヴ条約は一九四九年に改正され、抑留国政府が「貸方残高の清算」（預かっていた賃金等の返還）を行わない場合、捕虜の所属国政府が行うことになりました。これを根拠に西ドイツでは、一九五四年、ソ連との国交回復に伴って帰還した捕虜に賃金を補償する法律が成立し、実際に支給されました。日本では、ずっと遅れて一九七九年に結成された全国抑留者補償協議会が国家補償請求の訴訟を起こし、東京地裁に提訴しました（一九八一年）。

これは、改正ジュネーヴ条約をそれ以前に帰国している原告には適用できず、「所属国補償」が国際慣行にまでなっていなかったことを理由に敗訴しました（一九八九年）。そこで全抑協は、南方の日本人捕虜が連合諸国発行の「貸方残高受取証」に基づいて日本政府から補償を受けた点に着目し、ソ連ついでロシア政府に「労働証明書」を発行するよう働きかけ、それに成功したものの、証拠提出が控訴審（東京高裁）結審後となり、最高裁では事実審理をしないため生かすことができずに終わりました（一九九七年上告棄却）。

Q　シベリア特措法について、教えてください。

A　正式名称「戦後強制抑留者に係る問題に関する特別措置法」は二〇一〇年六月、民主党政権下で全会派一致の議員立法により成立しました。生存するソ連・モンゴル抑留者に対し、抑留期間に応じて二五万－一五〇万円を「慰藉《いしゃ》」の形で支給したものです。しかし、支給額が長年求めていた労働補償（一九八一年訴訟の場合、一人月額一〇万円）に遠く及ばず、政府から明確な「謝罪」表明もありませんでした。しかも、日本軍軍人・軍属だった朝鮮人、台湾人に加え、南樺太、千島、北朝鮮、遼東半島に抑留されていた民間日本人も除外されました。朝鮮人、台湾人自身の運動も高齢化で先細りしつつありますが、「国際社会で名誉ある地位」（憲法前文）を占めたいと思うのであれば、彼らに支給すべきです。

（文責　富田武）

編著者

富田 武（とみた たけし）

1945年生まれ。1981年、東京大学大学院社会学研究科国際関係論コース単位取得満期退学、1988～2014年、成蹊大学に勤務、現在、同大名誉教授。

岩田 悟（いわた さとる）

1984年生まれ。2010年、一橋大学大学院言語社会研究科修士課程修了。2010～15年、東洋書店に勤務。

ユーラシア文庫6
語《かた》り継《つ》ぐシベリア抑留《よくりゅう》　体験者から子と孫の世代へ
2016年10月15日　初版第1刷発行

編著者　富田武　岩田悟

企画・編集　ユーラシア研究所

発行人　島田進矢
発行所　株式会社 群 像 社
神奈川県横浜市南区中里1-9-31 〒232-0063
電話／FAX 045-270-5889　郵便振替　00150-4-547777
ホームページ　http://gunzosha.com
Eメール info@ gunzosha.com
印刷・製本　シナノ

カバーデザイン　寺尾眞紀

ISBN978-4-903619-69-9

「ユーラシア文庫」の刊行に寄せて

1989年1月、総合的なソ連研究を目的とした民間の研究所としてソビエト研究所が設立されました。当時、ソ連ではペレストロイカと呼ばれる改革が進行中で、日本でも日ソ関係の好転への期待を含め、その動向には大きな関心が寄せられました。しかし、ソ連の建て直しをめざしたペレストロイカは、その解体という結果をもたらすに至りました。

このような状況を受けて、1993年、ソビエト研究所はユーラシア研究所と改称しました。ユーラシア研究所は、主としてロシアをはじめ旧ソ連を構成していた諸国について、研究者の営みと市民とをつなぎながら、冷静でバランスのとれた認識を共有することを目的とした活動を行なっています。そのことこそが、この地域の人びととのあいだの相互理解と草の根の友好の土台をなすものと信じるからです。

このような志をもった研究所の活動の大きな柱のひとつが、2000年に刊行を開始した「ユーラシア・ブックレット」でした。政治・経済・社会・歴史から文化・芸術・スポーツなどにまで及ぶ幅広い分野にわたって、ユーラシア諸国についての信頼できる知識や情報をわかりやすく伝えることをモットーとした「ユーラシア・ブックレット」は、幸い多くの読者からの支持を受けながら、2015年に200号を迎えました。この間、新進の研究者や研究を職業とはしていない市民的書き手を発掘するという役割をもはたしてきました。

ユーラシア研究所は、ブックレットが200号に達したこの機会に、15年の歴史をひとまず閉じ、上記のような精神を受けつぎながら装いを新たにした「ユーラシア文庫」を刊行することにしました。この新シリーズが、ブックレットと同様、ユーラシア地域についての多面的で豊かな認識を日本社会に広める役割をはたすことができますよう、念じています。

ユーラシア研究所